U0093842

哈福

哈福

1秒激會英語速成

Good English in 1 Second

基礎句型・文法

張瑪麗◎著

哈福

前言

1秒激會，學好英語的秘訣

你是否還記得，上國中時開始學英語時的興奮和想學好英語的豪情，這麼多年了，你是否達成當年的願望，能說得一口好英語，可以輕鬆自如的從國外的報章雜誌或是書籍吸收最新的知識，而在工作場合嶄露頭角；還是已經望英語而生畏，但是，仍然對英語餘情未了，真想能夠把英語征服，如果你還有雄心，那就讓我來幫你一圓當初的心願吧。

要學好英語不能把英語當作一門學問來研究，想想你是怎麼學中文的，我想大家學中文都是一樣的，那就是每天聽、每天看、每天說，學英語也應該是這樣學的，記得，英語是一種語言，你是要用英語來跟別人溝通的，所以每天都該說幾句、聽幾句，累積到一定的程度，英語就好像你說話的另一種語言，可以隨時輕鬆開口說的。1秒激會，學好英語，不需要從很高深的Time或是CNN新聞節目開始，我們先複習一下你以前學過卻已經忘記的，所謂溫故而知新，把基礎打好了，開口說流利的英語也就輕鬆可得。

為了幫助想學英語的朋友，美國AA公司特別製作了這一

套英語學習書，「1秒激會系列」叢書，我們從最基礎重新教起，每一單元的重點我們還是會提到文法名詞，文法名詞是讓你溫故用的，學習的重點是在如何說流利的英語，所以每個例句都是講英語一定會用到的句子，為了溫習，也為了測試自己還有多少實力，你可以先看中文翻譯，試試看會不會該句英語。

要注意：我一再強調的，英語是一種語言，是用來說的，要學會說英語，先要聽聽看美國人怎麼說，我們就跟著怎麼說，你說出口的英語自然道地流利，我們每本書都有美國老師錄製的學習光碟，每天聽一聽，嘴巴跟著唸，唸順了英語就是你的另一種語言了。

你是否常覺得學習那麼多年的英語，下了那麼多的功夫，英語還是跟你無緣，你跟英語之間就好像有一道很深的鴻溝，怎麼也跨不過去，你知道嗎？西方跟東方是晝夜相反的兩個地區，洋人說的話跟我們說的話，也是有完全不同的語言結構，我教你的學英語秘訣就好像那條鴻溝之間的橋樑，你每天看一看我教你的秘訣，保證你茅塞頓開，把洋人說話的伎倆看穿了之後，你的英語自然會突飛猛進。

Chapter 1

CONTENTS

Chapter 2

Chapter 3

CONTENTS

Chapter 5

CONTENTS

每天十個例句，反覆練習喔!

Chapter 1

1. 用 It 來表示「天氣」
2. 用形容詞來形容某個東西
3. 說明某個人的情形
4. 用 He 或 She 做代名詞
5. My 表示「我的」
6. 某某人的名字＋「's」，表示「所有格」
7. 說明某些東西的情形
8. 說明某些東西在哪裡
9. 說明「你」的情形
10. 說「我」的名字和行業
11. 用「形容詞」說明「我的情形」
12. 說明「我來的目的」
13. 用 is not 表示「沒有」或「不是」
14. 疑問句，以 it 當「主詞」
15. 疑問句，以「某人」當「主詞」
16. 疑問句，以「你」當「主詞」
17. 疑問句，以「某些東西」當「主詞」
18. 說明某人的情況
19. 用「he 或 she」做代名詞
20. 說明某個事件的情況

1 用It來表示「天氣」

It is＋形容詞

MP3-2

❶ It is hot today.

❷ It is cold today.

❸ It is windy today.

❹ It is snowing.

❺ It is raining.

❻ It is sunny.

❼ It is cloudy.

❽ It is foggy.

❾ It is dark.

❿ It is bright.

單 字

☑ windy [ˈwɪndɪ] 多風的	☑ cloudy [ˈklaʊdɪ] 形 陰天的；多雲的
☑ snowing [ˈsnoɪŋ] 下雪的	☑ foggy [ˈfɔgɪ] 霧濛濛的
☑ sunny [ˈsʌnɪ] 出大太陽的	☑ bright [braɪt] 天亮的

自我測驗

從這些中文句子，試著說出英文

❶ 今天天氣熱。

❷ 今天天氣冷。

❸ 今天風很大。

❹ 現在在下雪。

❺ 現在在下雨。

❻ 今天是晴天。

❼ 今天是陰天。

❽ 今天多霧。

❾ 天黑了。

❿ 天很亮。

KEY POINT 學好英語的秘訣

我在美國住了三十年，看到很多人到美國留學，也看到來自世界各地的人移民美國。這些剛到美國的人，都會發現自己英文程度不夠好，很急於要將自己的英語程度「補」起來，於是有人找免費教英語的教會，有人找學校裡的ESL（英語第二外語課）。但學了不久，很多人放棄了，理由是「教得太簡單」。可是你知道嗎？這些覺得「太簡單」的人，來到美國許多年後，很多還是一嘴洋涇濱，英語錯誤百出。你知道為什麼？因為太輕視「簡單」的英語，忘了簡單就是基礎！從簡單的學起，才能循序漸進嘛，你說是不是？所以我要教你的第一個學好英語的秘訣就是從簡單的英語學起，打好基礎，英語自然學得好！像這裡，我們就從見面寒暄學起，很快地，你一定學得會！

一般人見面寒暄，常常喜歡談論天氣晴、雨、冷、熱，這樣的寒暄很簡單，你可以一下子就溜出口的，你只要會晴、雨、冷、熱這些單字，用 It is... 加上這些你會的單字，就是一句漂亮的門面話了。

2 用形容詞來形容某個東西

某物 is + 形容詞

❶ The water is hot.

❷ The ice is cold.

❸ The apple is sweet.

❹ The lemon is sour.

❺ The door is red.

❻ The grass is green.

❼ The chair is small.

❽ The bag is heavy.

❾ The room is clean.

❿ The car is dirty.

單 字

☑ sweet [swit] 甜的	☑ heavy [ˈhɛvɪ] 重的
☑ lemon [ˈlɛmən] 檸檬	☑ clean [klin] 形 清潔的
☑ sour [saʊr] 酸的	☑ dirty [ˈdɝtɪ] 髒的

自我測驗

從這些中文句子，試著說出英文

❶ 這水是熱的。

❷ 這冰是冷的。

❸ 這個蘋果是甜的。

❹ 這個檸檬是酸的。

❺ 這扇門是紅色的。

❻ 草地是綠色的。

❼ 這張椅子是小的。

❽ 這個袋子很重。

❾ 這個房間是乾淨的。

❿ 這部車子是髒的。

KEY POINT 學好英語的秘訣

你手上拿了一個蘋果，一口吃下去，嘴裡甜不可支的蘋果，令你不禁讚道「這蘋果好甜啊」。要洗澡了，放了一缸熱水，你的腳一踏進浴缸，被水燙著了，唉呀，「這水好熱啊！」，英語怎麼說呢？就是「這樣東西is＋你要形容該樣東西的話」。

這跟我們學過的用It is...來寒暄的說法，有什麼地方不同呢？你寒暄的時候，說天氣，那是四周給你的感覺，英語不用特別指明你說的是「天氣」，用個It ，不是白癡的人就知道你說的冷熱，指的是環境感覺，但是，假如你所謂的冷或熱，指的是「洗澡水」，那你就得講清楚，說明白，好讓人家確實瞭解你指的是什麼東西，所以要將東西指出來，不要冒冒失失，想偷懶，用It含混過去，所以學好英文的第二個秘訣是用字要明確，讓人家確實知道你要說什麼！

3 說明某個人的情形
某某人is ...

❶ Mary is at John's party.

❷ Beth is at work.

❸ Nancy is at school.

❹ Mark is at home.

❺ John is handsome.

❻ Jenny is pretty.

❼ Paul is short.

❽ Tom is tall.

❾ Futu is young.

❿ James is old.

單 字

☑ party ['pɑrtɪ] 宴會；派對	☑ short [ʃɔrt] 矮的
☑ handsome ['hænsəm] 英俊的	☑ tall [tɔl] 高的
☑ pretty ['prɪtɪ] 形 美麗	☑ young [jʌŋ] 年輕的

自我測驗

從這些中文句子，試著說出英文

1. 瑪麗在約翰的宴會上。
2. 貝絲在上班。
3. 南西在學校。
4. 馬克在家。
5. 約翰很英俊。
6. 珍妮很漂亮。
7. 保羅很矮。
8. 湯姆很高。
9. 福圖年紀小。
10. 詹姆斯年紀大。

KEY POINT 學好英語的秘訣

有人在找瑪麗，問你瑪麗在哪裡，你想跟他說「瑪麗在約翰的宴會上」。說到某某人在什麼地方，英語就是「某某人is at他所在的地方」。有人介紹約翰跟你來認識，哇塞，你覺得約翰簡直帥呆了，你不禁想跟你的朋友說，「約翰好帥喲」，像這類說某個人漂亮、某個人長得高、矮等等的英語，就是「某某人is 加上你要評論他的話」。還記得嗎？我們說過，學英語從簡單、好學好說的學起，不但學得快，而且學了馬上就可以說！所以你看，我們這裡學的英語，它的說法和中文說法，除了發音不同之外，整個思考和句型都是一模一樣的，你學了很容易就能脫口說出來。英語想要流利，就是要學能脫口就說出來的英語！多說，單字自然能記住，不會學了又忘，忘多了就不想學了，不是嗎？說起記單字，你應該配合MP3學習，多聽MP3，理解MP3中老師所示範的每一個單字，不但能增進你的聽力，也可以讓你在自然語音中，牢牢記住單字，有助你脫口溜英語喔！

4 用He或She做代名詞

He/She is＋形容詞

❶ He is tall.

❷ He is short.

❸ He is smart.

❹ He is old.

❺ He is young.

❻ She is pretty.

❼ She is nice.

❽ She is happy.

❾ She is sad.

❿ She is sick.

單字

☑ smart [smɑrt] 聰明的	☑ sad [sæd] 悲傷的
☑ nice [naɪs] 很好	☑ sick [sɪk] 生病；不舒服
☑ happy [ˈhæpɪ] 快樂	☑ tall [tɔl] 高的

自我測驗

從這些中文句子，試著說出英文

❶ 他很高。

❷ 他很矮。

❸ 他很聰明。

❹ 他年紀大。

❺ 他年紀小。

❻ 她很漂亮。

❼ 她人很好。

❽ 她很高興。

❾ 她很悲傷。

❿ 她病了。

KEY POINT 學好英語的秘訣

上一課我們教你怎麼說「約翰好帥」、「瑪麗很高興」等等的英語，有時我們不說瑪麗、約翰，而是說「他好帥」、「她很高興」，中文不管說「他」還是「她」，發音都是一樣的，英語可不一樣了，他是he，她是she，說的時候要搞清楚，可別雌雄莫辨了。

5 My 表示「我的」
My某樣東西或某人 is ...

❶ My dress is pretty.

❷ My car is blue.

❸ My room is clean.

❹ My watch is new.

❺ My car is new.

❻ My English teacher is nice.

❼ My sister is smart.

❽ My brother is handsome.

❾ My mother is pretty.

❿ My name is Mary.

單字

☑ dress [drɛs] 洋裝	☑ car [kɑr] 汽車
☑ blue [blu] 藍色的	☑ teacher [ˈtitʃɚ] 教師
☑ room [rum] 房間；空間	☑ name [nem] 名 名字

自我測驗

從這些中文句子，試著說出英文

❶ 我的洋裝很漂亮。

❷ 我的車子是藍色的。

❸ 我的房間是乾淨的。

❹ 我的手錶是新的。

❺ 我的車子是新的。

❻ 我的英文老師人很好。

❼ 我妹妹很聰明。

❽ 我弟弟很英俊。

❾ 我媽媽很漂亮。

❿ 我的名字叫瑪麗。

KEY POINT 學好英語的秘訣

別盡說別人了，把「我的」東西拿出來獻寶一下吧，買了一件新洋裝，趕快穿出來給朋友看，不等朋友有機會來開口，先說「我的洋裝很漂亮」，手上戴著一隻新手錶，把手揚一揚，說「我的手錶是新的」，要獻寶，就得要先學會「my」這個英文單字，有什麼寶要秀給你的朋友看的，就把那樣東西加在my這個字的後面。

6 某某人的名字+「'S」，表示「所有格」

John's ... is ...

❶ John's car is red.

❷ John's room is clean.

❸ John's bike is new.

❹ Mary's watch is new.

❺ Mary's dress is pretty.

❻ Jenny's car is new.

❼ Jenny's sister is nice.

❽ Mary's brother is a doctor.

❾ John's father is a teacher.

❿ John's mother is an artist.

單 字

☑ artist [ˈɑrtɪst] 名 藝術家；美術家	☑ new [nju] 新的
☑ red [rɛd] 紅色	☑ doctor [ˈdɑktɚ] 名 醫生
☑ bike [baɪk] 腳踏車；自行車	☑ sister [ˈsɪstɚ] 姊妹

自我測驗

從這些中文句子，試著說出英文

❶ 約翰的車子是紅色的。

❷ 約翰的房間很乾淨。

❸ 約翰的腳踏車是新的。

❹ 瑪麗的手錶是新的。

❺ 瑪麗的洋裝很好看。

❻ 珍妮的車子是新的。

❼ 珍妮的姊姊人很好。

❽ 瑪麗的哥哥是醫生。

❾ 約翰的父親是老師。

❿ 約翰的母親是藝術家。

KEY POINT 學好英語的秘訣

剛剛說到「我的」，不妨也來說說別人的，一般人對別人的八卦事，可比對你自吹自擂有興趣呢，說到某某人的，英語就是在該人名字之後緊接著「's」。例如：要說「約翰的」，英語就是John's。

7 說明某些東西的情形
某些東西are too...

❶ The cars are too small.

❷ The lemons are too sour.

❸ The cakes are too sweet.

❹ The cats are too fat.

❺ The dogs are too thin.

❻ The children are too noisy.

❼ The pants are too tight.

❽ The shirts are too loose.

❾ The shoes are too big.

❿ The cars are too dirty.

單字

☑ thin [θɪn] 瘦的	☑ pants [pænts] 褲子
☑ children [ˈtʃɪldrən] 名 小孩	☑ tight [taɪt] 緊的
☑ noisy [ˈnɔɪzɪ] 吵雜的	☑ loose [lus] 鬆的

自我測驗

從這些中文句子，試著說出英文

❶ 這些車子太小。

❷ 這些檸檬太酸。

❸ 這些蛋糕太甜。

❹ 這些貓太胖。

❺ 這些狗太瘦。

❻ 這些小孩太吵。

❼ 這些褲子太緊。

❽ 這些襯衫太鬆。

❾ 這些鞋子太大。

❿ 這些車子太髒。

KEY POINT 學好英語的秘訣

學英文最難的地方就是，洋人說話就是講究「把話說清楚，不可含糊以對」，一本書的英文是a book，要說兩本書時，中文就是把「一」改成「兩」不就成了，多簡單明瞭啊！但是到了洋人那裡，那可就過不了關，book這個字要改成books，表示「一本以上」，剛剛我們一直學的is這個字也要改成are。

8 說明某些東西在哪裡
某些東西are ...

❶ The clothes are in the closet.

❷ The cars are in the garage.

❸ The shoes are on the floor.

❹ The bananas are on the table.

❺ The books are under the desk.

❻ The toys are in the box.

❼ The flowers are in the garden.

❽ The monsters are under the bed.

❾ The pictures are on the walls.

❿ The plums are in the refrigerator.

單字

☑ closet [ˈklɑzɪt] 衣櫥；衣帽間	☑ garden [ˈgɑrdn̩] 花園
☑ garage [gəˈrɑʒ] 車庫	☑ monster [ˈmɑnstɚ] 怪物
☑ floor [flor] 地板	☑ refrigerator [rɪˈfrɪdʒəˌretɚ] 冰箱

自我測驗

從這些中文句子，試著說出英文

❶ 衣服在櫃子裡。

❷ 車子在車庫。

❸ 鞋子在地板上。

❹ 香蕉在桌上。

❺ 書在書桌下。

❻ 玩具在盒子裡。

❼ 花在花園裡。

❽ 怪物在床底下。

❾ 圖畫在牆上。

❿ 李子在冰箱裡。

KEY POINT 學好英語的秘訣

說到英文的難處，只要我們把洋人的心思搞懂了，事實上也不那麼難，我剛剛說過，書只要多於一本的，就得把book，改成books，接下去的is改成are，所以，我們要說某些東西在某個地方，把第三課學過的，稍微改一下，那就變成了「這些東西（注意要加s）are＋這些東西所在的地方」。

9 說明「你」的情形

You are...

❶ You are late again.

❷ You are pretty.

❸ You are tall.

❹ You are thin.

❺ You are smart.

❻ You are strong.

❼ You are nice.

❽ You are a student.

❾ You are a boy.

❿ You are a girl.

單字

☑ late [let] 遲到	☑ again [ə'gen] 再度；又
☑ strong [strɔŋ] 形 強壯的	☑ thin [θɪn] 瘦的
☑ student ['stjudn̩t] 學生	☑ smart [smɑrt] 聰明的

自我測驗

從這些中文句子，試著說出英文

❶ 你又遲到了。

❷ 你很漂亮。

❸ 你長得很高。

❹ 你很瘦。

❺ 你很聰明。

❻ 你很強壯。

❼ 你人很好。

❽ 你是一個學生。

❾ 你是一個男孩。

❿ 妳是一個女孩。

KEY POINT 學好英語的秘訣

約翰天天上學遲到，這天他又遲到了，氣喘吁吁的趕到教室門口，老師正站在那兒，一看到約翰就橫眉豎眼的對著他吼道「你又遲到了」。有時你看到一個高個兒，你不禁要跟他說「你長的真高啊」，不管你是要指著對方的鼻子臭罵他，或是恭維對方，要把你對對方的看法說出來的英語句型就是「You are＋你要說對方的話」。

10 說「我」的名字和行業

I am...

❶ I am Mary.

❷ I am John.

❸ I am a boy.

❹ I am a girl.

❺ I am a student.

❻ I am a man.

❼ I am a woman.

❽ I am a teacher.

❾ I am a nurse.

❿ I am a doctor.

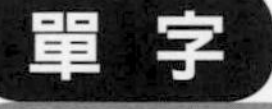

☑ girl [gɝl] 女孩	☑woman [ˈwʊmən] 女人
☑ student [ˈstjudn̩t] 學生	☑nurse [nɝs] 護士
☑man [mæn] 男人	☑doctor [ˈdɑktɚ] 名 醫生

自我測驗

從這些中文句子，試著說出英文

❶ 我名叫瑪麗。

❷ 我名叫約翰。

❸ 我是一個男孩。

❹ 我是一個女孩。

❺ 我是一個學生。

❻ 我是一個男人。

❼ 我是一個女人。

❽ 我是一位老師。

❾ 我是一位護士。

❿ 我是一位醫生。

KEY POINT 學好英語的秘訣

我們每天說話的話題，其實就脫離不了這些「你、我、他」，我們已經教過如何說「你和他」，接下來該來自我介紹了吧。當你看到了一個漂亮正妹，可別一過去就問對方芳名，先自我介紹一下吧，這很簡單的，你想要告訴她你的名字，英語的說法就是「I am ＋你的名字」，你要告訴她你的職業，英語就是「I am a＋你的職業」。

11 用「形容詞」說明「我的情形」

I am＋形容詞

❶ I am hot.

❷ I am cold.

❸ I am tall.

❹ I am short.

❺ I am happy.

❻ I am sad.

❼ I am angry.

❽ I am tired.

❾ I am busy.

❿ I am sleepy.

單字

☑cold [kold] 形 冷的	☑tired [taɪrd] 疲倦的
☑hot [hɑt] 熱的	☑busy [ˈbɪzɪ] 忙的
☑angry [ˈæŋgrɪ] 生氣的	☑sleepy [ˈslipɪ] 愛睏的

自我測驗

從這些中文句子，試著說出英文

❶ 我很熱。

❷ 我很冷。

❸ 我很高。

❹ 我很矮。

❺ 我很快樂。

❻ 我很悲傷。

❼ 我很生氣。

❽ 我很累。

❾ 我很忙。

❿ 我很睏。

KEY POINT 學好英語的秘訣

你的作品得獎了，你好高興，想好好的大叫一聲「我好高興」，或是你考試考壞了，心情不好。人總是有情緒的，你想要別人知道你的喜怒哀樂，它的英語句子也很簡單，那就是「I am＋你的喜怒哀樂」。有時你要別人知道你的各種情況，例如：你是高的、矮的，你累了、你很忙等等，都可用同樣的句型來表達。

12 說明「我來的目的」

I am here...

❶ I am here on vacation.

❷ I am here on business.

❸ I am here for the weekend.

❹ I am here to see Mary.

❺ I am here to work.

❻ I am here to relax.

❼ I am here to help.

❽ I am here to learn English.

❾ I am here to teach math.

❿ I am here to take your picture.

單 字

☐vacation [vəˈkeʃən] 名 休假；假期	☐learn [lɝn] 學習
☐business [ˈbɪznɪs] 生意；商務	☐teach [titʃ] 教
☐relax [rɪˈlæks] 放輕鬆	☐picture [ˈpɪktʃɚ] 照片

自我測驗

從這些中文句子，試著說出英文

❶ 我是來度假的。

❷ 我是來談生意的。

❸ 我是來過週末。

❹ 我是來拜訪瑪麗。

❺ 我是來上班的。

❻ 我是來休息的。

❼ 我是來幫忙的。

❽ 我是來學英文的。

❾ 我是來教數學的。

❿ 我是來幫你照相的。

KEY POINT 學好英語的秘訣

碧藍的海水一波波，高高的椰樹搖曳著，你躺在柔軟的沙灘上，好享福啊，沒錯，有人過來跟你搭訕，聊起來，你就可以跟他說「我是來度假的」。但你可不是每次都可以這麼逍遙的，有時你是到某個地方出差的，不管為了什麼目的，而到了某個地方，人家問起，這英語該如何說呢，那就是「I am here＋你到那個地方的目的」。

13 用is not表示「沒有」或「不是」
某物或某人is not...

MP3-14

❶ The store is not open today.

❷ The book is not new.

❸ The room is not clean.

❹ The bike is not red.

❺ The baseball game is not over yet.

❻ The apple is not fresh.

❼ The music is not loud enough.

❽ Mary is not here.

❾ Mary is not at home today.

❿ John is not at the library.

單 字

☑store [stor] 名 商店	☑over [ˈovɚ] 形 結束
☑baseball [ˈbesˌbɔl] 棒球	☑fresh [frɛʃ] 新鮮的
☑game [gem] （球類）比賽	☑library [ˈlaɪˌbrɛrɪ] 名 圖書館

自我測驗

從這些中文句子，試著說出英文

❶ 商店今天沒有開。

❷ 這書不是新的。

❸ 這房間不乾淨。

❹ 這腳踏車不是紅色的。

❺ 這場棒球賽還沒結束。

❻ 這個蘋果不新鮮。

❼ 音樂不夠大聲。

❽ 瑪麗不在這裡。

❾ 瑪麗今天不在家。

❿ 約翰不在圖書館。

KEY POINT 學好英語的秘訣

桌上一個蘋果，你拿起來咬了一口，發現那個蘋果不是頂新鮮的，你在書店看到一本書，那本書是舊的，你說「這本書不是新的」，世事本是如此，總有正、反兩面，蘋果有新鮮的，就有不新鮮的，書有新的當然也有舊的，所以，要學英語，當然要學會說「不會，不是」，它的關鍵字就是「not」。

14 疑問句，以it當「主詞」
Is it ...?

❶ Is it dark now?

❷ Is it cold today?

❸ Is it hot today?

❹ Is it raining outside?

❺ Is it snowing now?

❻ Is it morning already?

❼ Is it a good song?

❽ Is it a good movie?

❾ Is it a good book?

❿ Is it my turn?

單字

☐dark [dɑrk] 形 天黑的	☐song [sɔŋ] 歌
☐outside [ˈaʊtˈsaɪd] 外面	☐turn [tɝn] 轉彎；輪流
☐already [ɔlˈrɛdɪ] 副 已經	☐movie [ˈmuvɪ] 電影

自我測驗

從這些中文句子，試著說出英文

❶ 天黑了嗎？

❷ 今天冷嗎？

❸ 今天熱嗎？

❹ 外面在下雨嗎？

❺ 現在在下雪嗎？

❻ 已經早上了嗎？

❼ 那是首好歌嗎？

❽ 那是部好電影嗎？

❾ 那是本好書嗎？

❿ 輪到我了嗎？

KEY POINT 學好英語的秘訣

我剛剛說過洋人的心眼兒比中國人複雜多了，說話的規矩可多著呢，我們要提問題，就在那句話最後加個「嗎」字，人家就知道你在問問題了，例如：有部新電影剛上市，你就問「那部電影好看嗎」，英語可不一樣了，它要把所謂的「be動詞」拿到「主詞」的前面，說那部電影好看是It is a good movie. 問那部電影好看嗎，就變成了Is it a good movie?

15 疑問句，以「某人」當「主詞」 Is 某某人...?

1. Is Mary there?
2. Is John sick?
3. Is Peter awake?
4. Is Tom finished?
5. Is Jenny sleeping?
6. Is Mary angry?
7. Is Mary ready?
8. Is Paul up?
9. Is Beth upset?
10. Is Mark free?

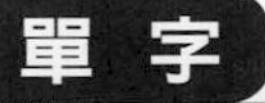

☐awake [ə'wek] 醒著	☐ready ['rɛdɪ] 準備好
☐sleeping ['slipɪ] 愛睏的	☐upset ['ʌp'sɛt] 不高興
☐angry ['æŋgrɪ] 生氣的	☐free [fri] 形 有空的

自我測驗

從這些中文句子，試著說出英文

❶ 瑪麗在那裡嗎？

❷ 約翰病了嗎？

❸ 彼得醒著嗎？

❹ 湯姆做完了嗎？

❺ 珍妮在睡覺嗎？

❻ 瑪麗在生氣嗎？

❼ 瑪麗準備好了嗎？

❽ 保羅起來了嗎？

❾ 貝絲不高興嗎？

❿ 馬克有空嗎？

KEY POINT 學好英語的秘訣

你剛剛已經學到了如何問問題，雖說中英文語法不一樣，但是天下道理還是有一定規律可循的，你一旦學會了，英語怎麼問問題，那不管問的是事情、東西，或是問某某人的情況，都是一樣的，你要問「約翰病了嗎」，中文加個「嗎」字，英語就是Is John sick? 把is拿到John的前面去就是了。

16 疑問句，以「你」當「主詞」

Are you ...?

❶ Are you tired?

❷ Are you awake?

❸ Are you ok?

❹ Are you sick?

❺ Are you angry?

❻ Are you hungry?

❼ Are you asleep?

❽ Are you thirsty?

❾ Are you upset?

❿ Are you busy?

☐tired [taɪrd] 疲倦的	☐asleep [ə'slip] 形 睡著的
☐awake [ə'wek] 醒著	☐thirsty ['θɝstɪ] 渴的
☐hungry ['hʌŋgrɪ] 餓	☐busy ['bɪzɪ] 忙的

自我測驗

從這些中文句子，試著說出英文

❶ 你累嗎？

❷ 你醒著嗎？

❸ 你還好嗎？

❹ 你病了嗎？

❺ 你生氣嗎？

❻ 你餓了嗎？

❼ 你睡著了嗎？

❽ 你口渴嗎？

❾ 你不高興嗎？

❿ 你忙嗎？

KEY POINT

學好英語的秘訣

剛剛才說天下道理有一定的規則可循，可這會兒又有變化了，前面兩課問的事「某樣東西，或是某個人」，這些在文法裡，都稱為「第三人稱單數」，換句話說，就是「他」或是「它」要用is，這兒我們關切的是「你」，若問對方「你好嗎」，問對方「你餓了嗎、倦了嗎」，要說「Are you＋你要關切對方的事？」

17 疑問句，以「某些東西」當「主詞」

Are something ....?

❶ Are the rooms clean?

❷ Are the apples fresh?

❸ Are the students nice?

❹ Are the dresses pretty?

❺ Are the books new?

❻ Are the flowers pretty?

❼ Are the cars new?

❽ Are your classes easy?

❾ Are your pencils sharpened?

❿ Are your hands clean?

單字

☑ fresh [frɛʃ] 新鮮的	☑ sharpened [ˈʃɑrpənd] 削尖的
☑ dress [drɛs] 洋裝	☑ pencil [ˈpɛnsḷ] 鉛筆
☑ easy [ˈizɪ] 形 容易的；簡單的	☑ hand [hænd] 名 手

自我測驗

從這些中文句子，試著說出英文

❶ 這些房間乾淨嗎？

❷ 這些蘋果新鮮嗎？

❸ 這些學生乖嗎？

❹ 這些洋裝漂亮嗎？

❺ 這些書是新的嗎？

❻ 這些花漂亮嗎？

❼ 這些車子是新的嗎？

❽ 你的功課簡單嗎？

❾ 你的鉛筆有削尖嗎？

❿ 你的手乾淨嗎？

KEY POINT 學好英語的秘訣

以上幾課你如果學會了，基礎打得穩了，接下去的，可如倒吃甘蔗越吃越甜，因為我們新教的東西，都是奠定在前面幾課的基礎上，循序漸進的學習，先提以前說過的「一本書」、「很多本書」，只要多於一本，book就要改成books，如何提問題，我們也學過了，那就是把「be動詞」拿到「主詞」的前面，這裡該用那個be動詞呢，我們在前面也學過，多於一本的，就要用are來當「be動詞」。

18 說明某人的情況 人＋動詞s

❶ Mary works in a bank.

❷ Paul likes apples.

❸ Tom lives in Taipei.

❹ Peter goes to school by bus.

❺ Mark runs two miles every day.

❻ Futu carries his backpack everywhere.

❼ Jenny gets up early every day.

❽ Beth goes to bed at 10:00 every night.

❾ Mary likes reading.

❿ John sings very well.

單字

☑ bank [bæŋk] 銀行	☑ backpack [ˈbæk͵pæk] 背包
☑ run [rʌn] 跑步	☑ carry [ˈkærɪ] 攜帶
☑ mile [maɪl] 4哩	☑ everywhere [ˈɛvrɪ͵hwɛr] 到處

自我測驗

從這些中文句子，試著說出英文

❶ 瑪麗在銀行上班。

❷ 保羅喜歡蘋果。

❸ 湯姆住在台北。

❹ 彼得搭公車上學。

❺ 馬克每天跑兩哩路。

❻ 福圖到哪兒都帶著他的背包。

❼ 珍妮每天都早起。

❽ 貝絲每晚十點去睡覺。

❾ 瑪麗喜歡閱讀。

❿ 約翰歌唱得很好。

KEY POINT 學好英語的秘訣

到目前為止，我們教的都是說明某人或是某件事物、某些事物的情況，沒有提到動作，所有的句子裡都只有「be動詞」，什麼是「 作」呢，那就是我們每天所做的事：吃飯、唱歌、工作、跑步、睡覺、閱讀等，這些在英文法裡，就叫做「動詞」。說到人做的動作，你可得注意以上的例句，每個動詞都加了「s」，因為這些句子的主詞都是「第三人稱單數」，不是「你」，也不是「我」，而是一個第三者。

19 用「he或she」做代名詞

He/She＋動詞s

❶ She eats a salad every day.

❷ She works at a clothing store.

❸ She draws very well.

❹ She watches a lot of television.

❺ She writes stories for fun.

❻ He reads during his breaks.

❼ He teaches math.

❽ He likes loud music.

❾ He plays the piano.

❿ He swims a lot.

單字

☑ salad [ˈsæləd] 沙拉	☑ during [ˈdjʊrɪŋ] 介 在～的期間
☑ draw [drɔ] 畫	☑ break [brek] 名 短暫的休息
☑ fun [fʌn] 好玩；樂趣	☑ loud [laʊd] 大聲的

自我測驗

從這些中文句子，試著說出英文

❶ 她每天吃一盤沙拉。

❷ 她在服飾店工作。

❸ 她畫圖畫得很好。

❹ 她看很多電視。

❺ 她為了好玩寫故事。

❻ 他休息時看書。

❼ 他教數學。

❽ 他喜歡大聲的音樂。

❾ 他彈鋼琴。

❿ 他常游泳。

KEY POINT 學好英語的秘訣

你有時不說瑪麗歌唱的很好，而說「她」歌唱的很好，前面我們已教過，女生的「她」是she，男生的「他」是he，注意：跟上一課一樣，凡是說到「第三人稱單數」，換句話說，既不是「你」，也不是「我」，而是「他」或是「她」，句子裡的「動詞」都要加「s」。

20 說明某個事件的情況 某件東西或某個事件＋動詞s

❶ The game starts at 7:00 p.m.

❷ School starts in September.

❸ The book belongs to John.

❹ The car runs well.

❺ The store opens at 8:00 a.m.

❻ The store closes at 9:00 p.m.

❼ The sun rises in the east.

❽ The sun sets in the west.

❾ The house has many windows.

❿ The table has four legs.

單字

☑ start [stɑrt] 開始	☑ rise [raɪz] （太陽）升起
☑ September [sɛp'tɛmbɚ] 九月	☑ east [ist] 名 東方
☑ belong [bɪ'lɔŋ] 屬於	☑ set [sɛt] （太陽）下山

自我測驗

從這些中文句子，試著說出英文

❶ 比賽晚上七點開始。

❷ 學校九月開學。

❸ 這本書是約翰的。

❹ 這部車很好開。

❺ 那家商店早上八點開門。

❻ 那家商店晚上九點打烊。

❼ 太陽從東方升起。

❽ 太陽從西方下山。

❾ 這房子有許多窗戶。

❿ 這張桌子有四隻腳。

KEY POINT 學好英語的秘訣

我們已經開始教「動詞」了，說到動詞，英語的花樣可多著呢，你如果不把動詞的「時式」搞清楚，跟老美說起英文來，肯定會遇到老美皺著眉頭，兩眼茫然，一副不知道你說什麼的樣子。在此，你只要謹記，所謂的「現在簡單式」就是與「現在、過去、未來」無關，而是在述說一件事而已，例如：比賽在七點開始，這部車子很好開，太陽從東方升起來，當你說這些事的時候，都只是在陳述一件事實。

從基礎學起，1秒激會，一定說出流利英語

每天十個例句，反覆練習喔!

Chapter 2

21 說明「我」的情況

I＋動詞

❶ I like apples.

❷ I play the piano.

❸ I run every morning.

❹ I like the winter more than the summer.

❺ I play baseball on the weekends.

❻ I eat lots of fruit.

❼ I need a pair of jogging shoes.

❽ I have a blue car.

❾ I have two sisters.

❿ I teach English.

單 字

☑ piano [pɪ'æno] 鋼琴	☑ weekend ['wik'ɛnd] 名 週末
☑ winter ['wɪntɚ] 冬天	☑ fruit [frut] 水果
☑ summer ['sʌmɚ] 夏天	☑ jogging ['dʒɑgɪŋ] 慢跑

自我測驗

從這些中文句子，試著說出英文

❶ 我喜歡蘋果。

❷ 我會彈鋼琴。

❸ 我每天跑步。

❹ 我比較喜歡冬天甚於夏天。

❺ 我在週末打棒球。

❻ 我吃許多水果。

❼ 我需要一雙慢跑鞋。

❽ 我有一部藍色的車子。

❾ 我有兩個妹妹。

❿ 我教英文。

KEY POINT 學好英語的秘訣

大家交朋友，總要彼此交心一下，讓對方知道你的喜好，你有幾個兄弟姊妹，你是做什麼的，你家住哪裡這些有關於你自己的事情，無關現在過去或未來，而是關於你的一項事實。除非你要說，我過去喜歡打網球，現在不打了，或是我從前喜歡吃蘋果，現在不喜歡了，我以前住在台北，那就要用過去式，否則，陳述你自己的狀況，要用現在簡單式。

22 說明「我們」的情況

We＋動詞

❶ We eat dinner at 6:00 p.m.

❷ We go to the movies every week.

❸ We play in the school band.

❹ We live in Taipei.

❺ We have a yellow car.

❻ We own two dogs.

❼ We have a white cat.

❽ We read a lot of books.

❾ We watch TV on the weekends.

❿ We play video games during our free time.

單字

☑ band [bænd] 名 管樂隊	☑ read [rid] 讀
☑ yellow [ˈjɛlo] 黃色	☑ weekend [ˈwikˈɛnd] 名 週末
☑ white [whaɪt] 白色	☑ video game 電動玩具

自我測驗

從這些中文句子，試著說出英文

❶ 我們在晚上六點吃晚飯。

❷ 我們每星期都去看電影。

❸ 我們參加學校的樂隊。

❹ 我們住在台北。

❺ 我們有一部黃色的車子。

❻ 我們有兩隻狗。

❼ 我們有一隻白色的貓。

❽ 我們看很多書。

❾ 我們在週末看電視。

❿ 我們有空時玩電動玩具。

KEY POINT

學好英語的秘訣

交朋友，有時你會告訴對方你自己的情形，有時你會跟對方說你家人的情形，例如：你可以跟對方說，我住在台北，有時你也會跟對方說，我們一家人住在台北，或是我們家都是在晚上六點吃晚飯，或是你與瑪麗是形影不離的好朋友，又有相同的嗜好，就是愛看書，有時你會跟新交往的朋友，說我們（指你跟瑪麗）看很多書，談到我們，英語就是we。

23 表示「經常」或「通常」做的事

usually/often/once a week

❶ I usually go to bed early.

❷ Once a week, I go swimming.

❸ I often go see movies with my friends.

❹ I usually take morning showers.

❺ I wash my dog once a week.

❻ Every day, I drink orange juice for breakfast.

❼ I call my friend every day.

❽ I walk my dog three times a day.

❾ I go to the library very often.

❿ I wash my car once a week.

單字

- ☑ usually [ˈjuʒʊəlɪ] 副 通常
- ☑ library [ˈlaɪˌbrɛrɪ] 名 圖書館
- ☑ early [ˈɝlɪ] 早
- ☑ once [wʌns] 一旦
- ☑ shower [ʃaʊr] 淋浴
- ☑ often [ˈɔfən] 時常

自我測驗

從這些中文句子，試著說出英文

❶ 我通常都很早睡覺。

❷ 我每星期去游泳一次。

❸ 我常跟我的朋友去看電影。

❹ 我通常都是在早上洗淋浴。

❺ 我一個星期幫我的狗洗一次澡。

❻ 我每天早餐都喝柳丁汁。

❼ 我每天打電話給我的朋友。

❽ 我每天遛狗三次。

❾ 我常去圖書館。

❿ 我每星期洗我的車子一次。

KEY POINT 學好英語的秘訣

陳述一個人平常的情況，或是喜好、習慣等等，要用現在簡單式，陳述一個人通常做什麼事，常常做什麼事，或是多久做一次，說的還是一個人的習慣，既不是說他過去都這麼做，也不是說他現在正在做，或是將要做，同樣符合我們說的，與「時間」無關的事，所以也要用「現在簡單式」。

24 多久做一次的事

every day/every week/once a week

1. We go to school every day.
2. We swim once a week.
3. We go to the movies twice a month.
4. We meet every two weeks.
5. We eat breakfast every morning.
6. We go to church every Sunday.
7. We brush our teeth every night.
8. We drink milk every morning.
9. We wash our car once a month.
10. We wash our clothes every two weeks.

單 字

☑ swim [swɪm] 游泳	☑ brush [brʌʃ] 動 刷
☑ twice [twaɪs] 兩次	☑ teeth [tiθ] 牙齒
☑ month [mʌnθ] 月	☑ drink [drɪŋk] 動 喝（飲料）

自我測驗

從這些中文句子，試著說出英文

❶ 我們每天都去上學。

❷ 我們每星期游泳一次。

❸ 我們一個月去看兩次電影。

❹ 我們每兩個星期見一次面。

❺ 我們每天早上吃早餐。

❻ 我們每個星期天去上教會。

❼ 我們每晚刷牙。

❽ 我們每天早上喝牛奶。

❾ 我們一個月洗車子一次。

❿ 我們每兩個星期洗一次衣服。

KEY POINT 學好英語的秘訣

我們剛剛教你如何說，你自己常常做的事，通常會做的事，或是多久做一次的事，我說過，這種情形要用現在簡單式，同樣的，如果你經常與某人一起做一件事，你要跟別人說，我們常常做的事，通常常做的事，或是多久做一次，只要把I 改成we，英語的說法還是一樣，用現在簡單式。

25 說明「他們」的情況
They動詞

❶ They have a white dog.

❷ They like the movies.

❸ They like baseball.

❹ They eat rice for dinner.

❺ They live in Taipei.

❻ They have a red car.

❼ They have a black cat.

❽ They listen to classical music.

❾ They read a lot of books.

❿ They have a big house.

單字

☑ movie [ˈmuvɪ] 電影	☑ black [blæk] 黑色
☑ rice [raɪs] 名 米；飯	☑ classical [ˈklæsɪkḷ] 古典的
☑ rain [ren] 雨	☑ music [ˈmjuzɪk] 音樂

自我測驗

從這些中文句子，試著說出英文

❶ 他們有一隻白色的狗。

❷ 他們喜歡電影。

❸ 他們喜歡棒球。

❹ 他們晚餐吃飯。

❺ 他們住在台北。

❻ 他們有一部紅色的車子。

❼ 他們有一隻黑色的貓。

❽ 他們聽古典音樂。

❾ 他們看很多書。

❿ 他們有一間大房子。

KEY POINT

學好英語的秘訣

你如果對有些人的狀況很熟悉，例如他們家養有一隻白狗，他們喜歡看電影，他們住在一棟大房子，他們一家人都早起，或是某些人他們喜歡古典音樂，這些就是我剛剛說過的，他們的情況、喜好或是習慣，所以當你要說「他們的……情形時」，也是要用現在簡單式，他們的英語就是**they**。

26 我不（現在簡單式的否定句）
I don't ...

❶ I don't like raw fish.

❷ I don't drive a red car.

❸ I don't play the piano.

❹ I don't wake up very early in the morning.

❺ I don't eat fruit every day.

❻ I don't like computers.

❼ I don't like math.

❽ I don't run very fast.

❾ I don't watch TV.

❿ I don't sing well.

單 字

☑ raw [rɔ] 生的，沒煮過的	☑ computer [kəm'pjutɚ] 名 電腦
☑ fish [fɪʃ] 魚	☑ math [mæθ] 數學
☑ drive [draɪv] 動 開車	☑ fast [fæst] 快

自我測驗

從這些中文句子，試著說出英文

❶ 我不喜歡生魚。

❷ 我沒有開紅色的車子。

❸ 我不會彈鋼琴。

❹ 我早上不早起。

❺ 我沒有每天吃水果。

❻ 我不喜歡電腦。

❼ 我不喜歡數學。

❽ 我跑不快。

❾ 我不看電視。

❿ 我唱歌唱得不好。

KEY POINT 學好英語的秘訣

你交朋友，除了要讓他知道你的喜好、習慣或是口味等情況之外，也該讓他知道你不喜歡什麼，否則，如果你不喜歡吃生魚片，結果他竟然帶你去以生魚片著名的日本料理店，那他不是要花冤枉錢嗎。要告訴對方你不喜歡什麼、不做什麼、這些你不喜歡、你不做的情形，當然也是要用「現在簡單式」，只是要用「否定句」，在動詞前面加個don't。

27 他不（現在簡單式的否定句）某某人doesn't...

❶ John doesn't play the piano.

❷ Paul doesn't like video games.

❸ Peter doesn't listen to music.

❹ Tom doesn't eat rice.

❺ David doesn't have a red car.

❻ Betty doesn't like cats.

❼ Beth doesn't have a dog.

❽ Nancy doesn't dance well.

❾ Mary doesn't like computers.

❿ Mary doesn't like classical music.

單字

☑ listen [ˈlɪsn̩] 動 聽；listen to 聽	☑ eat [it] 吃
☑ music [ˈmjuzɪk] 音樂	☑ computer [kəmˈpjutɚ] 名 電腦
☑ dance [dæns] 動 跳舞	☑ classic [ˈklæsɪk] 形 古典的；classical古典的（音樂）

自我測驗

從這些中文句子，試著說出英文

❶ 約翰不會彈鋼琴。

❷ 保羅不喜歡電動玩具。

❸ 彼得不喜歡聽音樂。

❹ 湯姆不喜歡吃飯。

❺ 大衛沒有一部紅色的車子。

❻ 貝蒂不喜歡貓。

❼ 貝絲沒有狗。

❽ 南西舞跳得不好。

❾ 瑪麗不喜歡電腦。

❿ 瑪麗不喜歡古典音樂。

KEY POINT 學好英語的秘訣

你如果深知某人的喜好、習慣等情況，有時候，你也可以代他發言，例如：你們大夥兒要去日本料理店吃飯，有人提議邀約翰一起去，你知道約翰不喜歡日本料理，你就可以說，他不喜歡日本料理，省得大家浪費時間邀請約翰，只是要注意，說到某一個人不喜歡或是不做某件事時，要在動詞前面加doesn't。

28 疑問句，以「你」當主詞
Do you＋原型動詞?

❶ Do you always get up early?

❷ Do you shower in the morning?

❸ Do you like tomatoes?

❹ Do you play the piano?

❺ Do you have a cat?

❻ Do you listen to classical music?

❼ Do you read a lot of books?

❽ Do you dance well?

❾ Do you listen to the radio?

❿ Do you have any pets?

單字

☑ always [ˈɔlwez] 總是	☑ pet [pɛt] 寵物
☑ tomato [təˈmeto] 蕃茄	☑ early [ˈɝlɪ] 早
☑ radio [ˈredɪˌo] 收音機；無線電	☑ shower [ʃaʊr] 淋浴

自我測驗

從這些中文句子，試著說出英文

❶ 你總是很早起床嗎？

❷ 你都在早上洗淋浴嗎？

❸ 你喜歡蕃茄嗎？

❹ 你彈鋼琴嗎？

❺ 你有貓嗎？

❻ 你聽古典音樂嗎？

❼ 你看很多書嗎？

❽ 你舞跳得好嗎？

❾ 你聽收音機嗎？

❿ 你有寵物嗎？

KEY POINT 學好英語的秘訣

知己知彼、百戰百勝，跟別人聊天説話，可別老是談自己，關切一下對方的生活起居、飲食嗜好，我一再説的，説英文，一牽涉到「動詞」，就要注意「時式」，我也説過英文的「現在簡單式」就是與時間無關的事實，這裡要教你問對方的生活起居、飲食嗜好，這些都是一個人的現實狀況，絕對無關現在、過去或未來，所以當然要用「現在簡單式」來問，就是「Do you＋你要問對方的情況？」

29 疑問句，以「某物」當主詞
Does「某物」...?

❶ Does the car have a clock?

❷ Does your room have a window?

❸ Does the car run well?

❹ Does the TV work?

❺ Does the dog like water?

❻ Does the food taste good?

❼ Does the dog bark a lot?

❽ Does this hat look good?

❾ Does the store carry make-up?

❿ Does this dress look ok?

單 字

☑ clock [klak] 時鐘	☑ bark [bark] 吠
☑ room [rum] 房間	☑ make-up [ˈmekˌʌp] 化妝品
☑ taste [test] 動 嚐起來	☑ carry [ˈkærɪ] （商店）售貨

自我測驗

從這些中文句子，試著說出英文

❶ 這部車子有時鐘嗎？

❷ 你的房間有窗戶嗎？

❸ 這部車子好開嗎？

❹ 這部電視可以看嗎？

❺ 這隻狗喜歡水嗎？

❻ 食物好吃嗎？

❼ 這隻狗常常吠嗎？

❽ 這頂帽子好看嗎？

❾ 這家商店有賣化妝品嗎？

❿ 這件洋裝好看嗎？

KEY POINT

學好英語的秘訣

我也一再說，學英文，要注意中英文不同的地方，中文直接了當，變化不多，英文就好像孫悟空72變一樣，變的讓你頭昏眼花的，可是，你想學好英語，還不能昏，把我教你的秘訣搞通了，也就一通百通了。上一課才說「現在簡單式的疑問句」是Do you...?，這裡就要注意了，問某樣東西的情況，可不能一開口就Do，要改成「Does某樣東西＋原型動詞？」

30 疑問句，你「他」當主詞 Does he/she...?

❶ Does he draw well?

❷ Does he have a suit?

❸ Does he like seafood?

❹ Does he take a bath at night?

❺ Does he read a lot?

❻ Does she eat apples?

❼ Does she listen to classical music?

❽ Does she take the bus to work?

❾ Does she like dances?

❿ Does she have a cat?

單字

☑ well [wɛl] 副 好	☑ seafood [ˈsi͵fud] 海產
☑ draw [drɔ] 畫	☑ bath [bæθ] 名 沐浴；洗澡
☑ suit [sut] 西裝；一套衣服	☑ dance [dæns] 名 舞蹈

自我測驗

從這些中文句子，試著說出英文

❶ 他畫圖畫得好嗎？

❷ 他有一套西裝嗎？

❸ 他喜歡海產嗎？

❹ 他在晚上洗澡嗎？

❺ 他看很多書嗎？

❻ 她吃蘋果嗎？

❼ 她聽古典音樂嗎？

❽ 她搭公車上班嗎？

❾ 她喜歡跳舞嗎？

❿ 她有一隻貓嗎？

KEY POINT 學好英語的秘訣

古時候，嫁女兒或娶媳婦，都要打聽對方那個人的人品怎麼樣，我們這裡不只是要學如何打聽某人的人品，還要問那個人的生活嗜好、有哪些才華呢，幹嘛要打聽別人呢，唉呀，我把怎麼說英文的秘訣教你，你有需要說英語的場合，那就任你隨機運用了，你不把這當成是在打聽別人隱私，成了吧？記住了，要問「他」的情形，跟上一課一樣，就是「Does＋he / she＋原型動詞？」

31 我現在正在做 I am＋現在分詞

❶ What do you have?

❷ What does Mary have?

❸ What do you usually read?

❹ Where do you live?

❺ Where does John live?

❻ When do you get up every day?

❼ When does Mary go to bed every night?

❽ Why do you say that?

❾ How many sisters do you have?

❿ How many books does he have?

單字

☑ usually [ˈjuʒʊəlɪ] 通常	☑ go to bed 上床睡覺
☑ read [ri] 看書	☑ say [se] 說
☑ get up 起床	☑ live [lɪv] 居住

自我測驗

從這些中文句子，試著說出英文

❶ 你有什麼？

❷ 瑪麗有什麼？

❸ 你通常看什麼書？

❹ 你住哪裡？

❺ 約翰住哪裡？

❻ 你每天幾點起床？

❼ 瑪麗每天晚上幾點去睡覺？

❽ 你為什麼那麼說？

❾ 你有幾個姊妹？

❿ 他有幾本書？

KEY POINT 學好英語的秘訣

到目前為止，我們教過的疑問句，都是問「你是這樣嗎?」、「你都這麼做嗎？」、「他這麼做嗎？」這種問你「...嗎」的疑問句，但是，大家都知道問人家問題，不僅僅是這麼問的，還要問「什麼、哪裡、何時、為什麼、有多少等等」，還好，這種問句的英語倒沒什麼變化，只要你之前的疑問句都學會了，要問這些其它的，就把要問的疑問詞加在句子的最前面就行了。

32 你正在做...嗎？ Are you＋現在分詞？

❶ I am watching TV.

❷ I am washing the dishes.

❸ I am listening to classical music.

❹ I am playing with my dog.

❺ I am reading a book.

❻ I am eating an apple.

❼ I am drinking milk.

❽ I am drawing a picture.

❾ I am writing a letter.

❿ I am doing my homework.

單字

☑ wash [wɑʃ] 洗	☑ picture [ˈpɪktʃɚ] 圖畫
☑ dish [dɪʃ] 名 盤子	☑ homework [ˈhomˈwɝk] 家庭作業
☑ draw [drɔ] 畫	☑ letter [ˈlɛtɚ] 信

自我測驗

從這些中文句子，試著說出英文

❶ 我在看電視。

❷ 我在洗碗。

❸ 我在聽古典音樂。

❹ 我在跟我的狗玩。

❺ 我在看書。

❻ 我在吃蘋果。

❼ 我在喝牛奶。

❽ 我在畫圖。

❾ 我在寫信。

❿ 我在寫家庭作業。

KEY POINT 學好英語的秘訣

各位注意：學英語最有趣的「動詞時式」正式登場了，到目前為止，我們所學的都是與「時間」無關的事實。你如果要告訴別人說「我現在正在看電視」，你注意到沒有，「看電視」這三個字在中文裡，是不動如山，在句子裡加個「現在正在」這幾個字，意思就清楚得不得了，可是洋人卻不願意用這種方式來表達，他們偏偏就要把看電視的「看（watch）」改成watching，並且加個am在前面，來表達「我現在正在做某件事」。

33 「現在進行式」表示「未來」

I'm＋現在分詞

1. Are you washing the dishes?
2. Are you doing your homework?
3. Are you eating an apple?
4. What are you drawing?
5. What are you writing?
6. What are you reading?
7. What are you listening to?
8. What are you doing?
9. Why are you crying?
10. Why are you washing your cat?

單字

☑ homework [ˈhomˈwɝk] 家庭作業	☑ wash [wɑʃ] 洗
☑ draw [drɔ] 畫	☑ read [rid] 讀
☑ cry [kraɪ] 哭	☑ write [raɪt] 寫

自我測驗

從這些中文句子，試著說出英文

❶ 你在洗碗嗎？

❷ 你在寫家庭作業嗎？

❸ 你在吃蘋果嗎？

❹ 你在畫什麼？

❺ 你在寫什麼？

❻ 你在看什麼書？

❼ 你在聽什麼？

❽ 你在做什麼？

❾ 你為什麼在哭？

❿ 你為什麼在替貓洗澡？

KEY POINT 學好英語的秘訣

雖說英語像孫悟空72變一樣，但是，頂多也只有72變，我把這些變法的秘訣告訴你，你把英語的把戲看穿了，也就不會覺得英語不好學了，先說你已經學會了「我現在正在做什麼」的英語怎麼說，也學過「問問題」怎麼問，那你現在要問對方「你現在正在做某件事嗎」，你該猜得到怎麼問了吧？把學過的一撮合，不就是「Are you＋現在分詞？」嗎？

34 「現在進行式」表示「未來」的疑問句

Are you＋現在分詞?

1. I am leaving for Europe on Monday.
2. I am going to the movies tomorrow.
3. I am going to the concert next week.
4. I am going to John's house next Tuesday.
5. I am eating lunch at Mary's house on Friday.
6. I am meeting Jenny for lunch this afternoon.
7. I am leaving town for the weekend.
8. I am working this weekend so I can't go.
9. I am going shopping with Mary tomorrow.
10. I am taking Beth to the park this afternoon.

單字

☑ Europe [ˈjʊrəp] 歐洲	☑ Tuesday [ˈtjuzde] 星期二
☑ tomorrow [təˈmɑro] 明天	☑ meet [mit] 見面
☑ concert [ˈkɑnsɚt] 名 演奏會；音樂會	☑ leave [liv] 離開

自我測驗

從這些中文句子，試著說出英文

❶ 星期一我要去歐洲。

❷ 明天我要去看電影。

❸ 下星期我要去聽演唱會。

❹ 下星期二我要去約翰家。

❺ 星期五我要去瑪麗家吃午飯。

❻ 今天下午我要跟珍妮一起去吃午飯。

❼ 這個週末我要到外地去。

❽ 這個週末我要工作，所以不能來。

❾ 明天我要跟瑪麗去逛街。

❿ 今天下午我要帶貝絲去公園。

KEY POINT 學好英語的秘訣

你剛學了怎麼說「我現在正在做這件事」，這就是文法裡說的「現在進行式」，但可別以為這就夠了，英語的變化如果這麼兩下子就被你搞通了，那還需要我來點破它的秘訣嗎？告訴你，「現在進行式」說的可不只是「現在正在做某件事」，當你計畫好了要去做某件事，你要告訴別人「我什麼時候要去做這件事」，說到這種已經計畫好的事件，也得用「現在進行式」的。

35 「現在進行式」表示「未來」他is＋現在分詞

❶ Are you going to John's house later?

❷ Are you going to the movies tomorrow?

❸ Are you going by car?

❹ Are you going alone?

❺ What are you doing tomorrow evening?

❻ When are you leaving?

❼ When are you going to the movies?

❽ What time are you meeting John for dinner?

❾ How long are you staying in New York?

❿ Where are you meeting Mary?

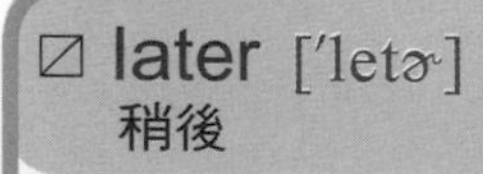

☑ later [ˈletɚ]
稍後

☑ stay [ste]
停留

☑ alone [əˈlon]
形 單獨的；獨自

☑ leave [liv]
離開

☑ time [taɪm]
時間

☑ evening [ˈivnɪŋ]
夜晚

自我測驗

從這些中文句子，試著說出英文

❶ 你稍後要去約翰家嗎？

❷ 你明天要去看電影嗎？

❸ 你要開車去嗎？

❹ 你要自己一個人去嗎？

❺ 你明天下午要做什麼？

❻ 你什麼時候要走？

❼ 你什麼時候要去看電影？

❽ 你什麼時候要跟約翰去吃晚飯？

❾ 你要在紐約停留多久？

❿ 你要在哪裡跟瑪麗見面？

KEY POINT 學好英語的秘訣

你有沒有注意到，我只要教你怎麼說一件事，接著就要教你怎麼問，學到這裡，你該歸類出一個道理了吧。疑問句，不外乎把「be動詞」拿到主詞的前面，或是在主詞的前面加個「do或does」，所以，教你怎麼說一件事之後，你應當會把它變成疑問句的，所需的只是多開口練習說就行了。

36 「現在進行式」表示「未來」他is＋現在分詞

❶ My sister is coming in June.

❷ John is going to bed early tonight.

❸ She is going to Europe next week.

❹ She is leaving early in the morning.

❺ Mary is coming over tonight.

❻ They are getting married in November.

❼ Are we still meeting on Thursday?

❽ When are they getting married?

❾ Where is John meeting Mary?

❿ What time is John arriving?

單字

- ☑ early [ˈɝlɪ] 早
- ☑ arrive [əˈraɪv] 動 抵達
- ☑ tonight [təˈnaɪt] 今晚
- ☑ November [noˈvɛmbɚ] 十一月
- ☑ married [ˈmærɪd] 已婚的
- ☑ still [stɪl] 副 仍然

自我測驗

從這些中文句子，試著說出英文

❶ 我妹妹六月要來。

❷ 約翰今晚要早點去睡。

❸ 她下星期要去歐洲。

❹ 她明天一早要離開。

❺ 瑪麗今晚要來。

❻ 他們十一月要結婚。

❼ 我們星期四還是要見面嗎？

❽ 他們什麼時候要結婚？

❾ 約翰要跟瑪麗在哪裡見面？

❿ 約翰什麼時候到？

KEY POINT 學好英語的秘訣

我們做事不能沒有計畫，我妹妹六月要來、約翰今晚要早一點去睡覺、她下星期要去歐洲，中文裡，計畫好要做的事，說法就是「要這麼做」，英文則是用現在進行式來表達。

37 will表示「未來」

I will...

❶ I will buy some milk.

❷ I'll fix your bicycle tomorrow.

❸ I'll call you this afternoon.

❹ I'll check on that information for you.

❺ I'll get back to you as soon as possible.

❻ I'll see you this weekend.

❼ I will read you a story later.

❽ I'll stop by after work.

❾ I'll pick up the dry cleaning on the way home.

❿ I will shut the door on my way out.

單 字

☑ bicycle [ˈbaɪˌsɪkḷ] 腳踏車	☑ information [ˌɪnfəˈmeʃən] 資料；資訊
☑ fix [fɪks] 修理	☑ possible [ˈpɑsəbḷ] 形 可能的
☑ check [tʃɛk] 動 查閱；查一查	☑ dry cleaning 乾洗

自我測驗

從這些中文句子，試著說出英文

❶ 我會買些牛奶。

❷ 我明天會替你修腳踏車。

❸ 我今天下午會打電話給你。

❹ 我會替你查那個消息。

❺ 我會盡快回你消息。

❻ 我這個週末跟你見個面。

❼ 我稍後會講個故事給你聽。

❽ 下班後我會到你那邊來一下。

❾ 我在回家的路上會去拿乾洗的衣物。

❿ 我出去時會把門關上。

KEY POINT 學好英語的秘訣

有些事情是早就計畫好的，有些事情卻是因為需要或是說話的當口，突然決定去做，例如：你打開冰箱時發現沒有牛奶了，你就決定去買一些牛奶，或是你跟女朋友說再見的時候，有點依依不捨，忍不住又加了一句，我下午打電話給你，因情況需要或是你說話的當口，決定這麼做，英語的說法就是I will...。

38 will表示「提出要求」

Will you...?

❶ Will you turn the TV down?

❷ Will you talk a little lower, please?

❸ Will you hand me my drink?

❹ Will you turn up the radio?

❺ Will you pick me up from work tomorrow?

❻ Will you bring Jane to the party?

❼ Will you please take me shopping?

❽ Will you come to the dance with me?

❾ Will you meet me for dinner on Saturday?

❿ Will you at least give it a try?

單字

☑ lower [ˈloɚ] 低一點	☑ try [traɪ] 嘗試
☑ hand [hænd] 動 遞	☑ at least 至少
☑ drink [drɪŋk] 名 飲料	☑ shopping [ˈʃapɪŋ] 物

自我測驗

從這些中文句子，試著說出英文

❶ 你可以把電視聲音關小一點嗎？

❷ 你講話可以講小聲一點嗎？

❸ 你可以把我的飲料遞給我嗎？

❹ 你可以把收音機聲音開大聲一點嗎？

❺ 你明天可以到公司來接我嗎？

❻ 你可以帶珍妮來宴會嗎？

❼ 你可以帶我去購物嗎？

❽ 你可以跟我去舞會嗎？

❾ 你星期六可以跟我去吃晚飯嗎？

❿ 你可以至少嘗試一下嗎？

KEY POINT 學好英語的秘訣

提出要求有兩種情形，一種其實是希望對方照做，可是呢，你如果用命令的語氣，對方可能不買你的帳，委婉一點說「請你這麼做好嗎」，這種有點軟語相求味道的要求，通常對方會答應照做的，另一種情形是你需要對方的幫忙，這種情形你更應該軟語相求了，不管是哪種情形的相求，英語都可以用Will you...?這個句型。

39 Are you going to問「未來」

Are you going to＋原型動詞

❶ Are you going to walk the dog?

❷ Are you going to watch the movie?

❸ Are you going to visit John?

❹ Are you going to cook dinner?

❺ Are you going to fly to Japan?

❻ When are you going to call him?

❼ When are you going to feed the cat?

❽ When are you going to wash the car?

❾ When are you going to return the tape?

❿ When are you going to eat the apple?

單字

☑ walk [wɔlk] 走路	☑ feed [fid] 動 餵食
☑ visit [ˈvɪzɪt] 動 訪問；拜訪	☑ return [rɪˈtɝn] 歸還
☑ fly [flaɪ] 搭機旅行	☑ tape [tep] 影片

自我測驗

從這些中文句子，試著說出英文

❶ 你要去遛狗嗎？

❷ 你要去看電影嗎？

❸ 你要去拜訪約翰嗎？

❹ 你要煮晚飯嗎？

❺ 你要搭飛機去日本嗎？

❻ 你什麼時候要打電話給他？

❼ 你什麼時候要餵貓吃飯？

❽ 你什麼時候要去洗車？

❾ 你什麼時候要把影片拿去還？

❿ 你什麼時候要吃這個蘋果？

KEY POINT 學好英語的秘訣

有人做事總是莫測高深，該做的事你也不知道他到底要不要做，或是什麼時候要去做，那你也不要自己去妄自猜測了，直接了當的問對方就行了，例如：你想知道他到底要不要去看約翰，你就問他Are you going to visit John?。不管什麼事，你想知道對方要不要去做，英語的說法就是Are you going to做這件事？

40 am going to 表示「未來」
I am going to＋原型動詞

❶ I am going to clean my house tomorrow.

❷ I am going to feed the cat in a minute.

❸ I am going to watch the movie tomorrow.

❹ I am going to call him on Friday.

❺ I am going to visit John on Monday.

❻ I am going to wash the car next week.

❼ I am going to cook dinner later.

❽ I am going to return the tape tomorrow.

❾ I am going to fly to Japan next month.

❿ I am going to eat the apple tomorrow.

單 字

☑ clean [klin] 清理	☑ Friday [ˈfraɪde] 星期五
☑ minute [ˈmɪnɪt] 名（時間單位）分	☑ later [ˈletɚ] 稍後
☑ house [haʊs] 房子	☑ next [nɛkst] 下一個

自我測驗

從這些中文句子，試著說出英文

❶ 我明天要清理屋子。

❷ 我待會兒就去餵貓吃飯。

❸ 我明天要去看電影。

❹ 我星期五要打電話給他。

❺ 我星期一要去拜訪約翰。

❻ 我下星期要洗車子。

❼ 我稍後要去做飯。

❽ 我明天要去還影片。

❾ 我下個月要搭飛機去日本。

❿ 我明天要吃那個蘋果。

KEY POINT

學好英語的秘訣

宣告我將做什麼事，有時是因為有人問你，這件事你要不要去做啊，或是這件事你什麼時候要做啊，有時是你必須先告知別人，讓大家有個瞭解，安排事情就方便多，要告訴別人，我將做某件事，英語就是I am going to做這件事。

每天十個例句，反覆練習喔!

Chapter 3

41 現在進行式
He is＋現在分詞

❶ He is taking a bath.

❷ He is eating dinner.

❸ He is walking the dog.

❹ He is playing the piano.

❺ He is watching TV.

❻ She is washing the cat.

❼ She is changing her clothes.

❽ She is fixing the computer.

❾ She is talking on the phone.

❿ She is brushing her teeth.

單字

☐ bath [bæθ] 名 洗澡	☐ fix [fɪks] 修理
☐ change [tʃendʒ] 更換	☐ phone [fon] 電話
☐ clothes [kloðz] 衣物	☐ brush [brʌʃ] 動 刷

自我測驗

從這些中文句子，試著說出英文

❶ 他正在洗澡。

❷ 他正在吃晚飯

❸ 他正在遛狗。

❹ 他正在彈鋼琴。

❺ 他正在看電視。

❻ 她正在幫貓洗澡。

❼ 她正在換衣服。

❽ 她正在修理電腦。

❾ 她正在講電話。

❿ 她正在刷牙。

KEY POINT 學好英語的秘訣

有朋友來找約翰，約翰的媽媽說：「他正在洗澡呢」。大夥兒要出門了，瑪麗怎麼還不來，「她正在換衣裳呢」。說到某人正在做某件事，聽過我講學習英語秘訣這麼久的你，當然知道，肯定要用現在進行式了，說到他或是她，你更是清楚得很，就是第三人稱單數當主詞嘛，當然要說He/ She is＋現在分詞。

42 「現在進行式」的疑問句 Is he＋現在分詞？

❶ Is John working on his project?

❷ Is John doing his homework?

❸ Is he eating dinner?

❹ Is he walking the dog?

❺ Is he playing the piano?

❻ Is he talking on the phone?

❼ Is he brushing his teeth?

❽ Is Mary watching TV?

❾ Is Mary taking a shower?

❿ Is she reading the newspaper?

單字

☑ project [ˈprɑdʒɛkt] 企畫；學校研究作業	☑ phone [fon] 電話
☑ homework [ˈhomˈwɝk] 家庭作業	☑ read [rid] 讀
☑ talk [tɔk] 說話	☑ newspaper [ˈnjuz,pepɚ] 報紙

自我測驗

從這些中文句子，試著說出英文

❶ 約翰正在做他的企畫嗎？

❷ 約翰正在做他的功課嗎？

❸ 他正在吃晚飯嗎？

❹ 他正在遛狗嗎？

❺ 他正在彈鋼琴嗎？

❻ 他正在講電話嗎？

❼ 他正在刷牙嗎？

❽ 瑪麗正在看電視嗎？

❾ 瑪麗正在洗淋浴嗎？

❿ 她正在看報紙嗎？

KEY POINT 學好英語的秘訣

你知道約翰有個企畫案需完成，你想打聽約翰現在是不是正在做那個企畫案，或者，他放著正事不做，正在跟女朋友打電話，問某人是否正在做某件事，當然要用現在進行式的疑問句，上一課你已經學過了，他當主詞的現在進行式怎麼說，你也早學過，疑問句怎麼說，這裡該怎麼問，你總該知道了吧？沒錯，就是Is he＋現在分詞？

43 「疑問詞」開頭的疑問句 What is he＋現在分詞?

❶ What is John doing?

❷ What is he watching?

❸ What is he fixing?

❹ What is he eating?

❺ What is Mary listening to?

❻ What is she reading?

❼ What is she talking about?

❽ What is she washing?

❾ Why is he washing the cat?

❿ Why is he changing his clothes?

單字

☑ fix [fɪks] 修理	☑ cat [kæt] 貓
☑ read [rid] 讀	☑ why [hwaɪ] 為什麼
☑ wash [wɑʃ] 洗	☑ clothes [kloðz] 衣物

自我測驗

從這些中文句子，試著說出英文

❶ 約翰在做什麼？

❷ 他在看什麼？

❸ 他在修理什麼？

❹ 他在吃什麼？

❺ 瑪麗在聽什麼？

❻ 她在讀什麼？

❼ 她在說什麼？

❽ 她在洗什麼？

❾ 他為什麼在給貓洗澡？

❿ 他為什麼在換衣服？

KEY POINT 學好英語的秘訣

你看到約翰一個人在後院裡比手劃腳，你看到瑪麗在看書，你可能想問，約翰在做什麼呢？瑪麗在看什麼書，或者是，珍妮在哭，你問珍妮為什麼在哭，注意這些話，你所提出的問題，都是他們正在做的事情，英文要用現在進行式來問，前一課教你一般的問句，現在你想問的是「什麼」和「為什麼」，那就把**what**和**why**加在前一課教的疑問句之前，就是了。

44 is going to 表示「未來」
She is going to＋原型動詞

❶ She is going to see a movie next week.

❷ She is going to wash her car tomorrow.

❸ She is going to paint her room in the morning.

❹ She is going to bake a cake on Thursday.

❺ She is going to start working at the store next month.

❻ She is going to buy a new dress next Friday.

❼ He is going to get a new cat pretty soon.

❽ He is going to sing at the concert next Tuesday.

❾ He is going to take out the trash later.

❿ He is going to walk the dog later.

單 字

- ☑ next [nɛkst] 下一個
- ☑ cake [kek] 蛋糕
- ☑ paint [pent] 油漆
- ☑ pretty [ˈprɪtɪ] 副 非常；相當
- ☑ bake [bek] 動 烘烤
- ☑ trash [træʃ] 垃圾

自我測驗

從這些中文句子，試著說出英文

❶ 她下星期要去看電影。

❷ 她明天要洗她的車子。

❸ 她明天早上要油漆她的房間。

❹ 她星期四要烤個蛋糕。

❺ 她下個月要開始到店裡工作。

❻ 她下星期五會買件新洋裝。

❼ 他很快就要買部新車。

❽ 他下星期二要到演唱會唱歌。

❾ 他稍後會把垃圾拿出去。

❿ 他稍後會去遛狗。

KEY POINT 學好英語的秘訣

剛剛我們說過如何告知別人，你將做某件事，有時候，我們可以替別人宣告，例如：瑪麗的屋裡有油漆，朋友來了看到問，這些油漆是做什麼用的，你知道瑪麗隔天要油漆屋子，你就可以替她說，瑪麗明天要油漆屋子。某人將做某件事，英語的說法就是She is going to做某件事。

45 is going to表示「未來」的疑問句
Is she going to＋原型動詞?

❶ Is she going to see a movie next week?

❷ Is she going to bake a cake?

❸ Is she going to buy a new dress?

❹ Is he going to work at the store?

❺ Is he going to buy me a new car?

❻ When is he going to walk the dog?

❼ When is he going to wash his car?

❽ When is she going to paint her room?

❾ When is she going to visit Taiwan?

❿ When is she going to take out the trash?

單字

☑ new [nju] 新的	☑ when [whɛn] 何時
☑ store [stor] 名 商店	☑ trash [træʃ] 垃圾
☑ paint [pent] 油漆	☑ take out 拿出去

自我測驗

從這些中文句子，試著說出英文

❶ 她下星期要去看電影嗎？

❷ 她要烤蛋糕嗎？

❸ 她要買一件新的洋裝嗎？

❹ 他要到店裡工作嗎？

❺ 他要買一部新車給我嗎？

❻ 他什麼時候要去遛狗？

❼ 他什麼時候要去洗車？

❽ 她什麼時候要油漆她的房間？

❾ 她什麼時候要去台灣？

❿ 她什麼時候要把垃圾拿出去？

KEY POINT

學好英語的秘訣

你大學要畢業了，你想知道你老爸要不要買部新車送給你，你就從你老媽那兒著手，側面打聽，問老爸會不會買部新車給我，這種打聽某人會不會做某件事，或是什麼時候要做，它的英語就是Is he going to做某件事？或When is he going to做某件事？

46 can表示「能力」某某人can...

❶ John can play the piano.

❷ Mary can speak four languages.

❸ Ann can sing and dance.

❹ Tom can swim 10 laps.

❺ Mark can fix computers.

❻ Betty can bake cookies.

❼ Josh can type very quickly.

❽ Peter can draw well.

❾ Jenny can read very quickly.

❿ Paul can run very fast.

單字

☑ language [ˈlæŋgwɪdʒ] 語言	☑ type [taɪp] 動 打字
☑ lap [læp] （游泳池的）一圈	☑ quickly [ˈkwɪklɪ] 很快地
☑ cookies [ˈkʊkɪ] 小餅乾	☑ fast [fæst] 快

自我測驗

從這些中文句子，試著說出英文

❶ 約翰會彈鋼琴。

❷ 瑪麗會說四國語言。

❸ 安妮會唱歌跳舞。

❹ 湯姆可以游十圈。

❺ 馬克會修理電腦。

❻ 貝蒂會做小餅乾。

❼ 喬許打字可以打得很快。

❽ 彼得很會畫圖。

❾ 珍妮閱讀速度很快。

❿ 保羅跑得很快。

KEY POINT

學好英語的秘訣

學英語，把動詞的時式學好，是為了讓你說老美聽的懂的英語，但是，你如果不學會英語的「助動詞」，很多話是沒辦法表達的，你如果要說「某某人會做某件事」，這裡的「會」這個字，就是英語的can這個助動詞，你把之前已學過的英語說法，再加個can這個字在動詞的前面，就可以清楚的表達中文裡「會」這個字的意思了。

47 Can表示「能力」的疑問句

Can you ...?

❶ Can you sing and dance?

❷ Can you help me?

❸ Can you teach me to speak English?

❹ Can you play the piano?

❺ Can you type quickly?

❻ Can you fix my car for me?

❼ Can you drive?

❽ Can you read?

❾ Can you cook?

❿ Can you swim?

單字

☑ help [hɛlp] 動 幫忙；協助	☑ English [ˈɪŋglɪʃ] 英語
☑ teach [titʃ] 教	☑ drive [draɪv] 動 開車
☑ speak [spik] 說話	☑ cook [kʊk] 動 烹調；煮

自我測驗

從這些中文句子，試著說出英文

❶ 你會唱歌跳舞嗎？

❷ 你可以幫我的忙嗎？

❸ 你可以教我說英語嗎？

❹ 你會彈鋼琴嗎？

❺ 你打字可以打得很快嗎？

❻ 你可以幫我修車子嗎？

❼ 你會開車嗎？

❽ 你會閱讀嗎？

❾ 你會做菜嗎？

❿ 你會游泳嗎？

KEY POINT 學好英語的秘訣

我們說某某人會說四國語言，某某人會游泳等等，這些句子裡的「會」這個字的英語就是can，所以若要問對方你會游泳嗎，你會打字嗎，同樣用can這個字來問，整句話就是Can you...?

48 Can表示「提出要求」

Can I...?

❶ Can I have a drink?

❷ Can I have that dress?

❸ Can I have those earrings?

❹ Can I have something to eat?

❺ Can I have the watch?

❻ Can I have a glass of water?

❼ Can I have the chicken?

❽ Can I use your phone?

❾ Can I use your restroom?

❿ Can I borrow a pen?

單字

☑ earrings [ˈɪrɪŋz]
名 耳環（多用複數形，表示一對）

☑ chicken [ˈtʃɪkɪn]
名 雞

☑ something [ˈsʌmθɪŋ]
某事；某物

☑ restroom [ˈrɛstrum]
洗手間

☑ glass [glæs]
玻璃杯

☑ borrow [ˈbɑro]
動 借用

自我測驗

從這些中文句子，試著說出英文

❶ 請給我一杯飲料好嗎？

❷ 請拿那件洋裝給我好嗎？

❸ 請拿那對耳環給我好嗎？

❹ 請拿點東西給我吃好嗎？

❺ 這個手錶我可以要嗎？

❻ 請拿一杯水給我好嗎？

❼ 我可以吃這塊雞嗎？

❽ 我可以借用你的電話嗎？

❾ 我可以借用你的浴室嗎？

❿ 我可以借你的筆一用嗎？

KEY POINT 學好英語的秘訣

你到了商店，看到架子上有一件漂亮的洋裝，你想看一看，你想跟店員說，請拿那件洋裝給我看一下好不好，這種請求對方拿某樣東西給你的話，英語都是說Can I have某樣東西？或是你想跟對方借樣東西，英語也要用Can I...?這個句型。

49 Can表示「提議幫忙」

Can I ...?

❶ Can I get you a drink?

❷ Can I get you something to eat?

❸ Can I help you?

❹ Can I wash the car for you?

❺ Can I carry that for you?

❻ Can I buy you dinner?

❼ Can I mail that for you?

❽ Can I get you a cup of coffee?

❾ Can I get you some more water?

❿ Can I clean that up for you?

單字

☑ carry [ˈkærɪ] 攜帶	☑ mail [mel] 動 郵寄
☑ buy [baɪ] 請客	☑ cup [kʌp] 杯
☑ dinner [ˈdɪnɚ] 晚餐；正餐	☑ drink [drɪŋk] 名 飲料

自我測驗

從這些中文句子，試著說出英文

❶ 你要我拿飲料給你喝嗎？

❷ 你要我拿什麼東西給你嗎？

❸ 你要我幫你的忙嗎？

❹ 你要我幫你洗車嗎？

❺ 你要我幫你拿那個東西嗎？

❻ 我請你吃晚飯好嗎？

❼ 你要我幫你把那個拿去寄嗎？

❽ 你要我拿咖啡給你喝嗎？

❾ 你要我幫你多拿些水來嗎？

❿ 你要我幫你把那個清理乾淨嗎？

KEY POINT

學好英語的秘訣

有些話，洋人慣用很文謅謅的口氣來說，還不能直接了當的說，這些說法，你不學還真不行呢，例如：你很想幫對方的忙，但是，你也得問對方讓不讓你幫忙啊？否則一廂情願，碰了個軟釘子，那真是狗咬呂洞賓，不識好人心，所以，你看到有人拿了幾個好重的袋子，你可不要走上前去，就說，我來幫你拿吧，英語不這樣說的，要說Can I carry that for you?

50 May表示「請求允許」
May I ...?

❶ May I have more cake?

❷ May I go to the movies?

❸ May I buy this CD?

❹ May I visit John today?

❺ May I see that book?

❻ May I try some of your salad?

❼ May I have some more water?

❽ May I sleep over at Mary's tonight?

❾ May I call you after 10:00 p.m.?

❿ May I sit here?

單 字

☑ more [mɔr] 更多	☑ some [sʌm] 一些
☑ cake [kek] 蛋糕	☑ salad [ˈsæləd] 沙拉
☑ try [traɪ] 嘗試	☑ sleep over 到別人家過夜

自我測驗

從這些中文句子，試著說出英文

❶ 可以再給我一些蛋糕嗎？

❷ 我可以去看電影嗎？

❸ 我可以買這個光碟嗎？

❹ 我今天可以去拜訪約翰嗎？

❺ 我可以看那本書嗎？

❻ 我可以嚐嚐你的沙拉嗎？

❼ 請再給我一些水好嗎？

❽ 我今晚可以在瑪麗家過夜嗎？

❾ 我可以在晚上十點以後打電話給你嗎？

❿ 我可以坐這裡嗎？

KEY POINT 學好英語的秘訣

美國電視劇「黃金女郎」裡，有這麼一場戲，有一天桃樂絲的一個學生來拜訪她，他站在門口問Can I come in?桃樂絲回答他，I don't know if you can.這是一個諷刺英語老學究的一場戲，美國人要問對方「我可以這麼做嗎？」，常常說Can I這麼做嗎？但是老派的學究，卻堅持一定要說May I 這麼做嗎？所以，桃樂絲回答她學生的話，不把can當成是「請求允許」的意思，而把can定位在「有沒有那個能力」，桃樂絲跟她的學生說「我可不知道你有沒有能力進來」。

51 may表示「允許」You may...

❶ You may have the book.

❷ You may go to the party.

❸ You may sleep over at John's tonight.

❹ You may watch TV.

❺ You may have the apple.

❻ You may ride with me.

❼ You may open the window.

❽ You may buy the CD.

❾ You may use my computer.

❿ You may sit here.

單字

☐ may [me] 可以	☐ computer [kəm'pjutɚ] 名 電腦
☐ ride [raɪd] 搭乘	☐ sit [sɪt] 坐
☐ use [juz] 使用	☐ party ['pɑrtɪ] 宴會；派對

自我測驗

從這些中文句子，試著說出英文

❶ 你可以要這本書。

❷ 你可以去參加宴會。

❸ 你今晚可以在約翰家過夜。

❹ 你可以看電視。

❺ 你可以吃那個蘋果。

❻ 你可以跟我一起搭車。

❼ 你可以開窗戶。

❽ 你可以買那個光碟。

❾ 你可以使用我的電腦。

❿ 你可以坐這裡。

KEY POINT 學好英語的秘訣

當我們還小的時候，做任何事情都要徵得大人的同意，那個時候，你最常説的英語應該是May I 這麼做嗎？但是，等你長大了，就換成別人來徵求你的同意了，如何答應對方的請求呢？別人要請求你的允許，要問「May I 這麼做嗎？」，你如果答應對方的請求，當然是跟他説「You may這麼做」。

52 may表示「可能」
He may...

❶ He may be in the library.

❷ He may be sick.

❸ The baby may be hungry.

❹ The baby may be sleepy.

❺ I may come over to see you.

❻ I may go to Europe this summer.

❼ I may go to the movies Friday.

❽ Jenny may call you tonight.

❾ Jenny may be at home.

❿ She may cook tonight.

單字

☑ library [ˈlaɪˌbrɛrɪ] 名 圖書館	☑ baby [ˈbebɪ] 嬰孩
☑ sick [sɪk] 生病；不舒服	☑ sleepy [ˈslipɪ] 愛睏的
☑ hungry [ˈhʌŋgrɪ] 餓	☑ Europe [ˈjʊrəp] 歐洲

自我測驗

從這些中文句子，試著說出英文

❶ 他可能在圖書館。

❷ 他可能病了。

❸ 嬰孩可能是餓了。

❹ 嬰孩可能是睏了。

❺ 我可能會過來拜訪你。

❻ 今年夏天我可能會去歐洲。

❼ 星期五我可能會去看電影。

❽ 珍妮今晚可能會打電話給你。

❾ 珍妮可能在家。

❿ 她今晚可能會做菜。

KEY POINT 學好英語的秘訣

我說過了，要學好英語，助動詞是很重要的，會用助動詞，說起英語來可是輕鬆的很呢。假如你今天到了學校，看見約翰沒來上學，同學們都在問著，約翰怎麼沒來呢，你想起來了，他昨天回去之前，就有點不舒服，今天可能是病了，不能來。還有小嬰孩哭個不停，你猜他可能是餓了，這些你猜測的話，英語怎麼說呢，may這個助動詞就可以做「可能是」或「可能會」的意思。

53 must表示「肯定、一定是」

You must be...

❶ You must be very happy.

❷ You must be angry.

❸ You must be hungry.

❹ You must be thirsty.

❺ You must be very sad.

❻ You must be tired.

❼ You must be mad.

❽ You must be excited.

❾ You must be shocked.

❿ You must be very busy.

單字

☑ angry [ˈæŋgrɪ] 生氣的	☑ mad [mæd] 生氣
☑ thirsty [ˈθɝstɪ] 渴的	☑ excited [ɪkˈsaɪtɪd] 感到興奮的
☑ tired [taɪrd] 疲倦的	☑ shocked [ʃɑkt] 震驚的

自我測驗

從這些中文句子，試著說出英文

❶ 你一定很快樂。

❷ 你一定很生氣。

❸ 你一定是餓了。

❹ 你一定是渴了。

❺ 你一定非常傷心。

❻ 你一定是累了。

❼ 你一定很生氣。

❽ 你一定很興奮。

❾ 你一定很震驚。

❿ 你一定很忙。

KEY POINT 學好英語的秘訣

走江湖看相的，常喜歡拿著一根「鐵口直斷」的布條招攬生意，來表示他說的話，可是錯不了的，實際上，你也可以鐵口直斷，例如：你若看到對方一臉倦容，你就可以跟他說，你肯定是累了。你看到對方得了獎，嘴巴笑得合不攏，你可以跟他說，你肯定很高興，如此肯定的說法，英語就是用must這個助動詞。

54 must表示「必須去做」
We must ...

❶ I must wash the dishes.

❷ I must walk the dog.

❸ I must go pick up John.

❹ I must call Jenny.

❺ We must return the tape.

❻ We must go to Mary's house.

❼ We must go visit Tom.

❽ We must go now.

❾ We must turn in the paper tomorrow.

❿ We must finish our homework before playing.

單字

☑ must [mʌst] 必須	☑ finish [ˈfɪnɪʃ] 完成
☑ return [rɪˈtɝn] 歸還	☑ before [bɪˈfor] 之前
☑ tape [tep] 影片	☑ our [aʊr] 我們的

自我測驗

從這些中文句子，試著說出英文

❶ 我必須洗碗。

❷ 我必須去遛狗。

❸ 我必須去接約翰。

❹ 我必須打電話給珍妮。

❺ 我們必須去還影片。

❻ 我們必須去瑪麗家。

❼ 我們必須拜訪湯姆。

❽ 我們現在必須走了。

❾ 我們明天必須交報告。

❿ 我們出去玩之前必須做完家庭作業。

KEY POINT

學好英語的秘訣

有些事還不是我們要不要去做，而是必須去做，沒有商量的餘地，例如：出去玩之前，得先把家庭作業給做完，否則，屁股就得遭殃，去租借的影片到期了，必須拿去還，否則被罰錢可心疼呢，你說這些事情是不是「必須」去做，沒商量的餘地呢，助動詞 must 就是「必須」的意思。

55 was表示「過去的情況」 I was ＋形容詞

❶ I was tired.

❷ I was angry.

❸ I was very hungry.

❹ I was thirsty.

❺ I was disappointed.

❻ I was hurt.

❼ I was sick.

❽ I was so busy.

❾ I was excited.

❿ I was sad.

單 字

☑ tired [taɪrd] 疲倦的	☑ hurt [hɝt] 痛；傷害
☑ angry [ˈæŋgrɪ] 生氣的	☑ busy [ˈbɪzɪ] 忙的
☑ disappointed [dɪsəˈpɔɪntɪd] 失望的	☑ excited [ɪkˈsaɪtɪd] 感到興奮的

自我測驗

從這些中文句子，試著說出英文

❶ 我很累。

❷ 我很生氣。

❸ 我很餓。

❹ 我很渴。

❺ 我很失望。

❻ 我受了傷。

❼ 我病了。

❽ 我很忙。

❾ 我很興奮。

❿ 我很傷心。

KEY POINT 學好英語的秘訣

當你在述說過去的事情時，要記住，你得用過去式，例如：你在述說你有一次到外國去玩，半路上車子拋錨了，你身上沒帶足糧食，在路邊等著好心人路過幫你的忙，但是那條路上，過客不多，把你等的又累又餓。這種情況，中文的說法是，那時我好餓，又好累，一句「那時」大家就知道你在說過去的事情，英語可得說I was...，用was這個字來表示是「過去」的事情。

56 以were來說「過去式疑問句」

Were you...?

❶ Were you upset?

❷ Were you busy?

❸ Were you asleep?

❹ Were you at home this morning?

❺ Were you at the show last night?

❻ Were they serious about that?

❼ Were they at the party?

❽ Were they mad at you?

❾ Where were you last night?

❿ Where were Mary and John yesterday?

單字

☑ upset [ˈʌpˈsɛt] 不高興	☑ last night 昨晚
☑ asleep [əˈslip] 形 睡著的	☑ serious [ˈsɪrɪəs] 認真的
☑ show [ʃo] 表演	☑ yesterday [ˈjɛstɚde] 昨天

自我測驗

從這些中文句子，試著說出英文

❶ 你不高興嗎？

❷ 你很忙嗎？

❸ 你在睡覺嗎？

❹ 今早你在家嗎？

❺ 你昨晚有去展示會嗎？

❻ 他們是認真的嗎？

❼ 他們有去參加宴會嗎？

❽ 他們生你的氣嗎？

❾ 你昨晚在哪裡？

❿ 瑪麗和約翰昨天在哪裡？

KEY POINT 學好英語的秘訣

你如果住在宿舍裡，有一天你去敲你朋友的房間門，看到他睡眼惺忪，略有怒容的來應們，你就知道慘了，人家剛剛在睡覺，你吵醒他了，趕快陪笑臉問道Were you asleep?，你有沒有注意到，我說的句子是Were you...?，因為你想想看，如果你問Are you asleep?，難不成對方在夢遊，一面睡覺，一面替你開門。

57 was 表示「某物/某人」過去的情況
某物/某人was＋形容詞

❶ The movie was really good.

❷ The apple was delicious.

❸ Dinner was good.

❹ My trip to California was fun.

❺ My vacation was relaxing.

❻ My day was pleasant.

❼ The test was easy.

❽ He was tired.

❾ He was very busy.

❿ She was sick yesterday.

單字

☑ really [ˈriəlɪ] 真的	☑ test [tɛst] 測驗；考試
☑ delicious [dɪˈlɪʃəs] 形 好吃的；美味的	☑ relaxing [rɪˈlæksɪŋ] 形 放輕鬆
☑ trip [trɪp] 旅遊	☑ pleasant [ˈplɛzn̩t] 愉快的

自我測驗

從這些中文句子，試著說出英文

❶ 那部電影很好看。

❷ 那個蘋果很好吃。

❸ 晚餐很好吃。

❹ 我到加州的旅行很愉快。

❺ 我的假期很令人精神愉快。

❻ 我今天一天很愉快。

❼ 這次的考試很簡單。

❽ 他累了。

❾ 他很忙。

❿ 她昨天病了。

KEY POINT 學好英語的秘訣

如果你到朋友家作客，朋友太太做了一頓豐盛的晚餐請你，你一面吃一面稱讚晚飯做的好，這時候的英語說法是**It is so good.**可是，如果你吃的津津有味，根本沒有時間停下來稱讚一聲，直到你吃的飽飽的，放下碗筷，抹抹嘴巴，滿足的說，晚餐做的真好，這時要說**Dinner was good.** 因為你已經吃過了。

58 問「某件事過去的情況」

How was ...?

❶ Was the food good?

❷ Was the movie good?

❸ Was your trip fun?

❹ Was that you at the concert yesterday?

❺ How was your day?

❻ How was the test?

❼ How was your trip?

❽ Why was he so mad?

❾ Where was Mary last night?

❿ Who was that on the phone?

單字

☑ food [fud] 食物	☑ fun [fʌn] 好玩
☑ trip [trɪp] 旅遊	☑ who [whu] 誰
☑ test [tɛst] 測驗；考試	☑ where [whɛr] 哪裡

自我測驗

從這些中文句子，試著說出英文

❶ 食物好吃嗎？

❷ 那部電影好看嗎？

❸ 你的旅遊好玩嗎？

❹ 昨天音樂會上那是你嗎？

❺ 你今天怎麼樣？

❻ 你考試考的好不好？

❼ 你的旅遊愉快嗎？

❽ 他為什麼那麼生氣？

❾ 瑪麗昨晚在哪裡？

❿ 剛剛電話裡是誰？

KEY POINT 學好英語的秘訣

你知道你的朋友剛去度假回來，你問他「旅遊愉快嗎」，你該用Is the trip fun?或Was the trip fun?，要回答之前，想一想，他去旅遊過了嗎，去過了，剛回來，那答案就很明顯了，還有，你的朋友剛考完試，從教室裡走出來，你關心地問道「考得如何」，你該問How is the test?還是How was the test?，同樣的問題，他考過了嗎？考過了，那答案又是很明顯了。

59 用was表示「某人過去的情況」

She was...

❶ She was at the library.

❷ She was at John's house.

❸ She was in the shower.

❹ She was at the park.

❺ She was at the store.

❻ He was at the restaurant.

❼ He was in his room.

❽ He was in the backyard.

❾ He was at the bank.

❿ He was at school.

單字

☐ park [pɑrk] 公園	☐ bank [bæŋk] 銀行
☐ restaurant [ˈrɛstərənt] 名 餐館；飯店	☐ library [ˈlaɪˌbrɛrɪ] 名 圖書館
☐ backyard [ˈbækˌjɑrd] 後院	☐ shower [ʃaʊr] 淋浴

自我測驗

從這些中文句子，試著說出英文

❶ 她在圖書館。

❷ 她在約翰家。

❸ 她在洗淋浴。

❹ 她在公園。

❺ 她在商店。

❻ 他在餐廳。

❼ 他在房裡。

❽ 他在後院。

❾ 他在銀行。

❿ 他在學校。

KEY POINT 學好英語的秘訣

昨晚大夥兒一起去看電影，瑪麗可沒來啊，你今天想起來了，不禁要問，瑪麗昨晚沒有跟我們一起去看電影，她到哪兒了，知道她去處的朋友就會跟你說，她在圖書館，或是她在約翰家等等，他回答你的話時，不會再提「昨晚」兩字，中文的說法，不管說現在還是昨晚都一樣，一句話「她在圖書館」，大家從談話內容，就知道你說的是昨晚，可是英語就得改成She was...。

60 用wasn't表示「過去情況的否定句」

I wasn't ...

❶ I wasn't there.

❷ I wasn't in the mood.

❸ I wasn't asleep yet.

❹ I wasn't interested.

❺ I wasn't very happy.

❻ I wasn't ready.

❼ I wasn't hungry.

❽ I wasn't aware of that.

❾ I wasn't satisfied.

❿ I wasn't mad at you.

單 字

☑ mood [mud] 心情	☑ aware [ə'wɛr] 注意到
☑ interested ['ɪntrɪstɪd] 形 有興趣的	☑ satisfied ['sætɪsfaɪd] 滿意的
☑ ready ['rɛdɪ] 準備好	☑ mad [mæd] 生氣

自我測驗

從這些中文句子，試著說出英文

❶ 我不在那裡。

❷ 我沒有心情。

❸ 我沒有在睡覺。

❹ 我沒有興趣。

❺ 我不是很快樂。

❻ 我沒有準備好。

❼ 我不餓。

❽ 我沒有發覺。

❾ 我不滿意。

❿ 我沒有生你的氣。

KEY POINT 學好英語的秘訣

朋友打電話來，你接聽了電話，朋友問你，我把你吵醒了嗎？你回答說，沒有，I wasn't asleep.你看英語的「時式」多傳神，在這裡你可不能說I am not asleep.為什麼呢，因為這是一句廢話，你既然在跟他講電話，你當然沒有在睡覺，你怎麼能用am呢？注意：說到過去的事情，句子裡不一定會有指出過去的時間，但是，只要你說沒有的事情，是過去的事，就得說I wasn't...。

每天十個例句，反覆練習喔!

Chapter 4

61 用wasn't表示「過去情況的否定句」
某人wasn't...

MP3-62

❶ She wasn't at school.

❷ She wasn't at the library.

❸ She wasn't at the bank.

❹ She wasn't at the store.

❺ He wasn't at the restaurant.

❻ He wasn't in his room.

❼ He wasn't at home.

❽ He wasn't at work.

❾ He wasn't in the office.

❿ He wasn't there.

單字

☑ library [ˈlaɪˌbrɛrɪ] 名 圖書館	☑ restaurant [ˈrɛstərənt] 名 餐館；飯店
☑ bank [bæŋk] 銀行	☑ room [rum] 房間
☑ store [stor] 名 商店	☑ office [ˈɔfɪs] 辦公室

自我測驗

從這些中文句子，試著說出英文

❶ 她不在學校。

❷ 她不在圖書館。

❸ 她不在銀行。

❹ 她不在商店。

❺ 他不在餐廳。

❻ 他不在他的房間。

❼ 他不在家。

❽ 他不在上班。

❾ 他不在辦公室。

❿ 他不在那裡。

KEY POINT 學好英語的秘訣

我們看警探電影，每遇有事件發生，可能的關係人就得趕緊找不在場證明，例如：某家商店昨晚被竊，而且沒有破門而入的痕跡，顯然係熟人所為，瑪麗正好有那家商店的鑰匙啊，可她昨晚是跟你在一起，你就可以很肯定的說She wasn't at the sotre. 她昨晚不在店裡，是過去的事情，記得要說She wasn't...。

62 過去簡單式 I＋過去式動詞

❶ I baked a cake for you.

❷ I cleaned my room last night.

❸ I gave her that doll for her birthday.

❹ I saw John yesterday.

❺ I called Mary last night.

❻ I fixed your bike.

❼ I visited Mary last week.

❽ I went to the movies with John yesterday.

❾ I broke a vase.

❿ I forgot your telephone number.

單 字

☑ gave [gev] 給（give的過去式）	☑ broke [brok] 動 打破（break 的過去式）
☑ saw [sɔ] 看見（see的過去式）	☑ vase [ves] 花瓶
☑ went [wɛnt] 去（go的過去式）	☑ forgot [fɚ'gɑt] 忘記（forget的過去式）

自我測驗

從這些中文句子，試著說出英文

❶ 我烤了一個蛋糕給你。

❷ 我昨晚把我的房間清理乾淨。

❸ 我給她那個洋娃娃做她的生日禮物。

❹ 我昨天看到約翰。

❺ 我昨晚打電話給瑪麗。

❻ 我把你的腳踏車修理好了。

❼ 我上星期去拜訪瑪麗。

❽ 我昨天跟約翰去看電影。

❾ 我打破了一個花瓶。

❿ 我忘了你的電話號碼。

KEY POINT 學好英語的秘訣

有時候，你會跟別人說，我昨天去看了場電影，我上星期去瑪麗家，在中文的說法，句子裡的昨天或是上星期這些表示時間的字，已經清楚的指出你說的是過去的事情，「看電影和去瑪麗家」這幾個字不變，可是英語，只要是說過去的事情，不管句子裡有沒有表示過去的時間，動詞都得改成過去式。

63 我剛剛...

I just＋過去式動詞

❶ I just called you.

❷ I just filled up the car.

❸ I just washed my car.

❹ I just got back from the store.

❺ I just saw that movie.

❻ I just drank a glass of water.

❼ I just bought that video.

❽ I just turned on the TV.

❾ I just cleaned my room.

❿ I just ate dinner.

單字

☑ just [dʒʌst] 剛剛	☑ bought [bɔt] 動 買（buy的過去式）
☑ fill up 加滿（汽油等）	☑ video [ˈvɪdiˌo] 電視的；有影像的
☑ drank [dræŋk] 喝（drink的過去式）	☑ ate [et] 吃（eat的過去式）

自我測驗

從這些中文句子，試著說出英文

❶ 我剛剛打電話給你。

❷ 我剛剛把車子加滿油。

❸ 我剛剛洗過我的車子。

❹ 我剛剛從商店回來。

❺ 我剛剛看了那部電影。

❻ 我剛剛喝了一杯水。

❼ 我剛剛買了那個錄影帶。

❽ 我剛剛把電視打開。

❾我剛剛把我的房間清理乾淨。

❿ 我剛剛吃過晚飯。

KEY POINT 學好英語的秘訣

中文說，我剛剛做了什麼事，這「剛剛」兩字就已經清楚的說明了，是過去的事情，動詞不變，但是，說英語，既然說了剛剛，那當然是過去的事情，動詞得千萬要改成過去式，否則，你的老美朋友可被你給搞糊塗了，你既然說已經just，為什麼動詞用現在式動詞，你到底在說現在的事情，還是過去的事情呢，老美的腦筋很直的，你不說清楚，他可是不會自動拐彎的。

64 我們過去做過的事 We＋過去式動詞

1. We ate lunch at John's house.
2. We played in the park.
3. We went to the store.
4. We washed the dog.
5. We bought a cat.
6. We returned the video.
7. We threw away the old shoebox.
8. We got Mary a present.
9. We took a lot of pictures on our trip.
10. We called you earlier.

單字

- ☑ park [pɑrk]
  公園
- ☑ threw away
  丟掉
- ☑ bought [bɔt]
  動 買（buy的過去式）
- ☑ present [ˈprɛzn̩t]
  禮物
- ☑ threw [θru]
  丟（throw的過去式）
- ☑ earlier [ˈɝlɪɚ]
  形 稍早；較早的

自我測驗

從這些中文句子，試著說出英文

❶ 我們在約翰家吃了午飯。

❷ 我們去了公園玩。

❸ 我們去了商店。

❹ 我們幫狗洗了澡。

❺ 我們買了一隻貓。

❻ 我們把錄影帶拿去還了。

❼ 我們把舊的鞋盒子扔了。

❽ 我們買了一份要給瑪麗的禮物。

❾ 我們旅遊時拍了很多照片。

❿ 我們稍早有打電話給你。

KEY POINT

學好英語的秘訣

述說過去的事情，句子裡不一定有出現「昨天、剛剛、去年」等等表示過去的時間，但是從彼此的談話中，大家都知道在講的是一件過去的事情，這在中文裡，都不會有什麼問題，但是，若是說英語，既然你們彼此說的是一件過去的事情，你可千萬記得把動詞改成過去式。

65 某人過去做過的事
某人＋過去式動詞

❶ She went to bed late.

❷ She stayed up late last night.

❸ She called John last night.

❹ She washed the dishes.

❺ He drove me to school this morning.

❻ He broke the plate.

❼ He took her to the park.

❽ He drew that picture.

❾ He overslept this morning.

❿ Last summer he worked at the bank.

單 字

- ☑ stay up
  熬夜
- ☑ drew [dru]
  畫（draw的過去式）
- ☑ drove [drov]
  動 開（車）（drive 的過去式）
- ☑ took [tʊk]
  帶（take的過去式）
- ☑ broke [brok]
  打破（break的過去式）
- ☑ overslept [ˈovɚˈslɛpt]
  睡過頭了

自我測驗

從這些中文句子，試著說出英文

❶ 她很晚去睡覺。

❷ 她昨晚熬夜到很晚。

❸ 她昨晚打電話給約翰。

❹ 她把碗碟洗了。

❺ 今早他開車載我去上學。

❻ 他把盤子打破了。

❼ 他帶她去公園。

❽ 他畫了那張圖。

❾ 他今天早上睡得太晚。

❿ 去年夏天他在銀行上班。

KEY POINT 學好英語的秘訣

說話時，句子裡如果有「昨天、剛剛、去年」等等表示過去的時間，那你當然知道，動詞得用過去式，但是有些事情，句子裡沒有提到過去的時間，但是，你知道說的是一件過去的事情，例如：客廳裡的花瓶破了，你說，那是約翰打破的，在你們說話的當口，約翰打破花瓶這件事已經發生過了，你可千萬記得把動詞改成過去式。

66 用didn't表示「過去式的否定」

I didn't ...

❶ I didn't see you yesterday.

❷ I didn't see that movie.

❸ I didn't go swimming yesterday.

❹ I didn't call John.

❺ I didn't finish my homework.

❻ I didn't go to the park.

❼ I didn't take out the trash.

❽ I didn't send him a birthday card.

❾ I didn't go to John's party.

❿ I didn't eat all of the apples.

單字

☑ yesterday [ˈjɛstɚde] 昨天	☑ send [sɛnd] 寄
☑ finish [ˈfɪnɪʃ] 完成	☑ card [kɑrd] 卡片
☑ trash [træʃ] 垃圾	☑ all [ɔl] 所有

自我測驗

從這些中文句子，試著說出英文

❶ 我昨天沒看到你。

❷ 我沒有看過那部電影。

❸ 我昨天沒有去游泳。

❹ 我沒有打電話給約翰。

❺ 我沒有做完家庭作業。

❻ 我沒有去公園。

❼ 我沒有把垃圾拿出去。

❽ 我沒有寄生日卡片給他。

❾ 我沒有去參加約翰的宴會。

❿ 我沒有把所有的蘋果吃掉。

KEY POINT 學好英語的秘訣

要學好英語，就是要知道洋人怎麼說話的，把他們的心思搞懂了，英語其實不是那麼難的，我們前面已經學過，「我不」或「我沒有」的英語是I don't...，前面學的是現在簡單式，可是我們也學了，說過去的事情，可得要注意，說法可不能跟現在簡單式一樣，要用I didn't＋原型動詞，變來變去還是有規則可循的，很容易學的。

67 某人沒有（過去式）
某人didn't...

❶ John didn't take out the trash.

❷ Peter didn't clean his room.

❸ Paul didn't buy a new car.

❹ Mary didn't wash the dog.

❺ Beth didn't wash the dishes.

❻ Nancy didn't take off her shoes.

❼ Tom didn't finish his homework.

❽ Betty didn't break the plate.

❾ Jenny didn't finish her homework.

❿ Mary didn't finish her ice cream.

單 字

☑ clean [klin] 清理	☑ plate [plet] 盤子
☑ take off 脫（衣服、鞋子）	☑ ice cream [ˈaɪsˌkrim] 冰淇淋
☑ break [brek] 動 打破	☑ finish [ˈfɪnɪʃ] 完成

自我測驗

從這些中文句子，試著說出英文

❶ 約翰沒有把垃圾拿出去。

❷ 彼得沒有清理他的房間。

❸ 保羅沒有買新車。

❹ 瑪麗沒有幫狗洗澡。

❺ 貝絲沒有洗碗碟。

❻ 南西沒有脫掉鞋子。

❼ 湯姆沒有做完他的家庭作業。

❽ 貝蒂沒有打破盤子。

❾ 珍妮沒有做完她的功課。

❿ 瑪麗沒有把冰淇淋吃完。

KEY POINT 學好英語的秘訣

今天輪到約翰把垃圾拿出去了，可是他沒有拿，逮到機會去告訴媽媽吧，你該說John doesn't take out the trash.還是John didn't take out the trash.呢，想一想，你為什麼告約翰的狀，因為他該做的事情沒有做，事情過去了，你才可能揭發他啊，所以要說He didn't...。

68 過去式的疑問句

Did you...?

❶ Did you brush your teeth?

❷ Did you return the tape?

❸ Did you bring my book?

❹ Did you break that CD?

❺ Did you fix his computer?

❻ Did you call Mary yet?

❼ Did you go to John's party?

❽ Did you see the movie?

❾ Did you run through the red light?

❿ Did you just speed up through a yellow light?

單字

☑ break [brek] 動 打破	☑ light [laɪt] 交通燈；紅綠燈
☑ yet [jɛt] 副 尚未	☑ speed up 加速
☑ through [θru] 穿越	☑ yellow [ˈjɛlo] 黃色的

自我測驗

從這些中文句子，試著說出英文

❶ 你有沒有刷牙？

❷ 你有沒有拿影片去還？

❸ 你有沒有把我的書帶來？

❹ 你有沒有打破那張光碟？

❺ 你有沒有把他的電腦修理好？

❻ 你打電話給瑪麗了沒？

❼ 你有沒有去約翰的宴會？

❽ 你有沒有看過這部電影？

❾ 你有沒有闖紅燈？

❿ 你剛剛有沒有加速通過黃燈？

KEY POINT

學好英語的秘訣

我們每天要操煩的事情實在真多，當媽媽的，早、晚都要注意小孩有沒有刷牙洗臉了；家裡的影片該還了，過期不還可要罰錢的；小寶的電腦壞了，得問問老爸有沒有把它修理好了。你有沒有注意到你是在操心這些事，對方做了沒有，我說到這裡，你該猜到這題的秘訣在哪裡了吧，又是「時式」的問題，你問對方「某件事情做了沒有」，要用過去式「Did you...?」來問。

69 過去式的疑問句，問「某人」

Did she...?

❶ Did she finish her homework?

❷ Did she trip on the cat?

❸ Did she cut herself?

❹ Did she eat breakfast today?

❺ Did she buy that CD?

❻ Did he take Mary's book?

❼ Did he finish his lunch?

❽ Did he go to see the doctor?

❾ Did he bring his lunch box?

❿ Did he hand in the report?

單字

☑ trip [trɪp] 動 絆到	☑ finish [ˈfɪnɪʃ] 完成
☑ cut [kʌt] 傷到	☑ lunch box 便當
☑ herself [hɚˈsɛlf] 她自己	☑ report [rɪˈport] 報告

自我測驗

從這些中文句子，試著說出英文

❶ 她有沒有把功課做完？

❷ 她有沒有被貓絆倒？

❸ 她有沒有傷到她自己？

❹ 她今天有沒有吃早餐？

❺ 她有沒有買那張光碟？

❻ 他有沒有拿瑪麗的書？

❼ 他午餐有沒有吃完？

❽ 他有沒有去看醫生？

❾ 他有沒有帶便當？

❿ 他有沒有交報告？

KEY POINT 學好英語的秘訣

做媽媽的操心一家老小的事，時時都要問小孩，你刷牙了沒有，你早餐吃了沒有，你功課作完了沒有，可有時候，他們也逃得快，一下子就溜出去了，你的操心還是不能停，忍不住問老公，他有沒有刷牙啊，他有沒有帶便當啊？這時你問的同樣是過去的事情，要用Did開頭，只是句子要改成Did he...?

70 should表示「應該」You should＋原型動詞

1. You should stop smoking.
2. You should go visit John.
3. You should call Mary.
4. You should study harder.
5. You should help your mom.
6. You should go to bed early.
7. You should eat breakfast every day.
8. You should finish your homework.
9. You should send him a card on his birthday.
10. You should wear a watch.

單字

☑ should [ʃʊd] 應該	☑ harder [ˈhɑrdɚ] 更努力
☑ stop [stɑp] 停止	☑ send [sɛnd] 寄
☑ smoking [ˈsmokɪŋ] 抽煙	☑ wear [wɛr] 動 戴

自我測驗

從這些中文句子，試著說出英文

❶ 你應該停止抽煙。

❷ 你應該去拜訪約翰。

❸ 你應該打電話給瑪麗。

❹ 你應該更用功一點。

❺ 你應該幫你媽媽的忙。

❻ 你應該早點去睡覺。

❼ 你每天都應該吃早餐。

❽ 你應該把你的家庭作業做完。

❾ 在他的生日你應該寄張生日卡片給他。

❿ 你應該戴個手錶。

KEY POINT 學好英語的秘訣

一個有責任心的人，看到對方應該做的事情不去做，例如：你的朋友喜歡抽煙，你知道抽煙不好，或是你的朋友不用功讀書，功課老是被當，對於這些，你應該勇於告訴對方，你「應該戒煙」、「應該用功一點」。願意做個諍友，常常告誡對方你「應該」這麼做的人，該記住should這個字就是「應該」。

71 shouldn't 表示「不應該」

某人shouldn't...

❶ Tom shouldn't go out.

❷ He shouldn't smoke.

❸ John shouldn't cheat on the test.

❹ Paul shouldn't kick his dog.

❺ Peter shouldn't tear apart his books.

❻ Mary shouldn't talk that loud.

❼ He shouldn't stay up late.

❽ He shouldn't run in front of cars.

❾ She shouldn't leave the light on.

❿ She shouldn't walk around late at night.

單字

☐ cheat [tʃit] （考試）作弊	☐ loud [laʊd] 大聲
☐ kick [kɪk] 踢	☐ front [frʌnt] 前面
☐ tear apart 撕開	☐ leave [liv] 留著

自我測驗

從這些中文句子，試著說出英文

❶ 湯姆不應該出去。

❷ 他不應該抽煙。

❸ 約翰不應該在考試作弊。

❹ 保羅不應該踢他的狗。

❺ 彼得不應該把他的書撕開。

❻ 瑪麗不應該講話講那麼大聲。

❼ 他不應該熬夜熬那麼晚。

❽ 他不應該在車子前面亂跑。

❾ 她不應該沒有關燈。

❿ 她不應該那麼晚到處亂走。

KEY POINT 學好英語的秘訣

有責任心的朋友不僅僅是在朋友當作某件事，卻不做時你該告訴他，你「should這麼做」，看到朋友做不應該做的事情時，你也應該誠懇的告誡他You shouldn't 這麼做，有時候，你沒有機會當面告誡他，只好對別人說He shouldn't這麼做。

72 could表示「提建議」

We could...

❶ We could go this Friday.

❷ We could go see a movie later.

❸ We could eat dinner at my house.

❹ We could bake a cake for John's birthday.

❺ We could call Mary for help.

❻ We could give John his presents now.

❼ We could eat lunch after the movie.

❽ We could go shopping.

❾ We could send him a card.

❿ We could walk to the store.

⓫ We could wash the car next week.

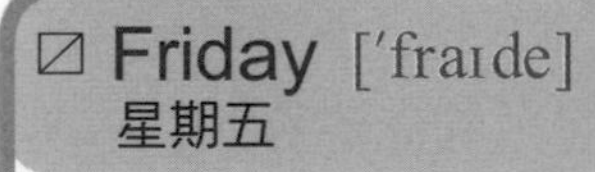

單 字

☑ Friday ['fraɪde] 星期五	☑ now [naʊ] 現在
☑ later ['letɚ] 稍後	☑ could [kʊd] 可以這麼做（表示提議）
☑ present ['prɛzn̩t] 禮物	☑ next [nɛkst] 下一個

自我測驗

從這些中文句子，試著說出英文

❶ 我們可以這個星期五去。

❷ 我們稍後可以去看場電影。

❸ 我們可以在我家吃晚飯。

❹ 約翰的生日我們可以烤個蛋糕。

❺ 我們可以叫瑪麗來幫忙。

❻ 我們可以現在就給約翰他的禮物。

❼ 看完電影我們可以去吃個中飯。

❽ 我們可以去逛街。

❾ 我們可以寄一張卡片給他。

❿ 我們可以走路到商店去。

⓫ 我們可以在下星期去洗車子。

KEY POINT 學好英語的秘訣

大夥兒聚在一起吃飯聊天，也在商談吃完了飯要做什麼呢，有人提議說，吃完飯我們可以去看場電影，或是大家商量要去圖書館找一些寫報告的資料，有人提議我們可以星期五去，這些有人提出來，我們「可以這麼做」的「可以」英語就是could這個字。

73 could表示「提出要求」

Could you...?

❶ Could you open the door, please?

❷ Could you pass me the salt?

❸ Could you hand me that book?

❹ Could you lend me a pen?

❺ Could you give me your address?

❻ Could you give me your phone number?

❼ Could you come with me, please?

❽ Could you drive me home?

❾ Could you mail this for me?

❿ Could you wake me up at 6:00 a.m.?

⓫ Could you close the door?

單字

☑ pass [pæs] 遞	☑ lend [lɛnd] 借
☑ salt [sɔlt] 鹽	☑ address [ə'drɛs] 名 地址
☑ hand [hænd] 動 遞	☑ wake up 叫醒

自我測驗

從這些中文句子，試著說出英文

❶ 請把門打開好嗎？

❷ 請把鹽遞過來給我好嗎？

❸ 請把那本書遞過來給我好嗎？

❹ 你可以借我一隻筆嗎？

❺ 你可以把你的地址給我嗎？

❻ 你可以給我你的電話號碼嗎？

❼ 請跟我來好嗎？

❽ 你可以開車載我回家嗎？

❾ 你可以替我把這個寄出去嗎？

❿ 請你在早上六點叫我好嗎？

⓫ 請你把門關上好嗎？

KEY POINT 學好英語的秘訣

你如果從第一課開始就有認真學的話，你一定記得，我們教過，請求別人幫你忙的英語是Will you...?不過那時，我也說過，請求別人幫你忙，英語有很多種說法，你也可以用Could you...?這個句型來請求別人幫你的忙。

74 would 表示「提出要求」

Would you...?

❶ Would you give me a hand?

❷ Would you open the window, please?

❸ Would you please pass me the salt?

❹ Would you be quiet?

❺ Would you drive me home?

❻ Would you turn that down?

❼ Would you help me with my homework?

❽ Would you hurry up?

❾ Would you go to the store with me?

❿ Would you bring me that box?

單字

☑ hand [hænd] 名 幫忙	☑ hurry up 快一點
☑ pass [pæs] 遞	☑ box [bɑks] 箱子；盒子
☑ quiet [ˈkwaɪət] 安靜的	☑ drive [draɪv] 開車載人

自我測驗

從這些中文句子，試著說出英文

❶ 請你幫我個忙好嗎？

❷ 請你把窗戶打開好嗎？

❸ 請你把鹽遞給我好嗎？

❹ 請你安靜。

❺ 你可以開車載我回家嗎？

❻ 你可以把那個關小一點嗎？

❼ 你可以幫忙我的家庭作業嗎？

❽ 你可以快一點嗎？

❾ 你可以跟我去商店嗎？

❿ 你可以把那個盒子帶來給我嗎？

KEY POINT 學好英語的秘訣

你如果覺得這一課所教的，跟上一課所教的一樣，你可說對了，跟對方提出要求，請對方幫你個忙，英語其實有好幾種說法，你如果當年學英文的時候，還算認真，可能還有印象老師說過，用Would you...?來提出你的要求是最客氣的說法，比用Could you...?或Will you...?提出要求還客氣，後兩者當中的語氣，Could you...?又比Will you...?客氣，別管他客氣不客氣的，當你想提出要求時，你想到哪一種說法就說吧。

75 問「為什麼」 Why did you ...?

❶ Why did you call Mary?

❷ Why did you buy this book?

❸ Why did you leave early yesterday?

❹ Why did you call me?

❺ Why did you go to the store?

❻ Why did you skip dinner yesterday?

❼ Why did you take his lunch?

❽ Why did you buy that for John?

❾ Why did you lie to him?

❿ Why did you put off doing your homework?

單字

☐ call [kɔl] 打電話	☐ put off 拖延
☐ leave [liv] 離開	☐ lie [laɪ] 名 說謊
☐ yesterday [ˈjɛstɚde] 昨天	☐ skip [skɪp] 跳過沒做

自我測驗

從這些中文句子，試著說出英文

❶ 你為什麼打電話給瑪麗？

❷ 你為什麼買這本書？

❸ 你昨天為何提早離開？

❹ 你為什麼打電話給我？

❺ 你為什麼到商店去？

❻ 你昨天為什麼沒有吃晚飯？

❼ 你為什麼拿他的午飯？

❽ 你為什麼買那個給約翰？

❾ 你為什麼對他説謊？

❿ 你為什麼遲遲不做功課？

KEY POINT 學好英語的秘訣

你要練習英文聽力嗎？學好這個why的問法！想想，why是做什麼用的呢？問原因嘛，不是嗎？你一個why字，對方就要大費口舌，洋人又特愛解釋理由，好顯示他們有理性，所以你問完了這個why字，就擺出一副要洗耳恭聽的樣子，準備訓練自己的聽力吧。我還可以教你一個更刁毒的詭計，你要是想知道同一句英語，還有什麼好的説法？趁對方答完話，皺皺眉頭，給他一副「俺不懂！」的表情，讓對方去逼死一大堆腦細胞，費盡心思，用更簡單的英語，來跟你説明原因，你又賺到啦！

76 問「你為什麼沒有…」
Why didn't you...?

1. Why didn't you come to the party?
2. Why didn't you call me?
3. Why didn't you go see the movie?
4. Why didn't you finish your homework?
5. Why didn't you go home earlier?
6. Why didn't you buy that book?
7. Why didn't you go to the store earlier?
8. Why didn't you wash the dog?
9. Why didn't you tell him the truth?
10. Why didn't you tell me you were sick?

單字

☑ finish [ˈfɪnɪʃ] 完成	☑ truth [truθ] 事實
☑ homework [ˈhomˈwɝk] 家庭作業	☑ sick [sɪk] 生病；不舒服
☑ earlier [ˈɝlɪɚ] 形 稍早；較早的	☑ come [kʌm] 動 來

自我測驗

從這些中文句子，試著說出英文

❶ 你為什麼沒來參加宴會？

❷ 你為什麼沒打電話給我？

❸ 你為什麼不去看電影？

❹ 你的功課為什麼沒做完？

❺ 你為什麼沒有早一點回家？

❻ 你為什麼沒有買那本書？

❼ 你為什麼沒有早一點去商店？

❽ 你為什麼沒有幫狗洗澡？

❾ 你為什麼沒有跟他說實話？

❿ 你為什麼沒告訴我你病了？

KEY POINT 學好英語的秘訣

當我們問別人原因時，一種情況是對方做了某件事，你不知道他為什麼要做，於是問他，想從對方的回答中求得解答，這時的英語問法是Why did you...? 但反過來說呢，要是對方明明可以做某件事，或應該做某件事，卻沒有做，那你就要用另一種問法Why didn't you...?來問他，這時的你，可能就不只是想知道原因了，可能你已是心中起懷疑，或是準備好一旦對方的答覆不能滿足你，你就要責備人了。你若要學好英文，像這樣的細微妙處，丁點都不能放過哦！

77 問「何處」，現在簡單式
Where do you...?

❶ Where do you come from?

❷ Where do you live?

❸ Where do you work?

❹ Where do you go to school?

❺ Where do you shop?

❻ Where do you go jogging?

❼ Where do you buy groceries?

❽ Where does your boyfriend work?

❾ Where does your sister buy her clothes?

❿ Where does John live?

單字

- ☑ from [frɑm] 從…
- ☑ live [lɪv] 住
- ☑ shop [ʃɑp] 動 購物
- ☑ jogging [ˈdʒɑgɪŋ] 慢跑
- ☑ groceries [ˈgrosərɪz] 食品雜貨（grocery的複數）
- ☑ boyfriend [ˈbɔɪˌfrɛnd] 男朋友

自我測驗

從這些中文句子，試著說出英文

❶ 你從哪裡來的？

❷ 你住在哪裡？

❸ 你在哪裡上班？

❹ 你去哪裡上學？

❺ 你都在哪裡購物？

❻ 你都去哪裡慢跑？

❼ 你都在哪裡買雜貨？

❽ 你的男朋友在哪裡上班？

❾ 你妹妹都在哪裡買衣服？

❿ 約翰住在哪裡？

KEY POINT 學好英語的秘訣

看到親朋好友，開了新車，穿了新衣，免不了要問，哪兒買的呀？見到多年不見的老朋友，總得問他在哪兒得意高就啊？這一類的話，都得用上Where 的問法，你要注意的是Where do 和Where did 別誤用，下一課，我會教你這兩者的分別，在這裡你要先學好do 和does。學好do 和does的秘訣是，多在嘴上講Where do you...，Where do we...，Where do they...，你可能會在某些時候說Where do I...?但不會很多，因為你自己在那裡，還用問別人嗎？除了you, we, they以外，除非你問的東西是複數，不然多半用Where does...就對了，多講幾次就習慣了，不會再弄錯。

78 問「何處」，過去式疑問句

Where did you ...?

1. Where did you go after work?
2. Where did you find this book?
3. Where did you buy this CD?
4. Where did you get my address?
5. Where did you go after school yesterday?
6. Where did you find Mary?
7. Where did you get that skirt?
8. Where did you get his phone number?
9. Where did you put my watch?
10. Where did you put the keys?

單字

☑ find [faɪnd] 找到	☑ watch [wɑtʃ] 手錶
☑ address [əˈdrɛs] 名 地址	☑ put [pʊt] 放
☑ skirt [skɝt] 裙子	☑ key [ki] 鑰匙

自我測驗

從這些中文句子，試著說出英文

❶ 你下班後去哪裡？

❷ 你在哪裡找到這本書？

❸ 你在哪裡買這張光碟？

❹ 你從哪兒拿到我的地址？

❺ 你昨天放學後去哪裡？

❻ 你在哪裡找到瑪麗？

❼ 你那件裙子在哪裡買的？

❽ 你從哪兒拿到他的電話號嗎？

❾ 你把我的手錶放在哪裡？

❿ 你把鑰匙放在哪裡？

KEY POINT 學好英語的秘訣

你知道嗎？英文很注重用字的，一字不同，意思就完全不同，例如Where do...和Where did...，兩者的分別不僅是英文法上所謂現在式、過去式而已，在意思的表達上，也有不同。例如家裡另一半要是問你Where did you go after work? 那表示你下班不回家，到別處廝混，人家不高興了，這是指一件事而言，而如果有人問你Where do you go after work? 可就隱含了「通常」的意思，問的是「你一般下了班，都去哪裡？」同理，不知道東西「應該」上哪兒買，可以用Where do...?來問，但是看見別人買了好東西，問人家「在哪兒買的」，就要用Where did...?

79 問「何時」，現在簡單式
When ...?

❶ When is John's party?

❷ When is our meeting?

❸ When is the first day of school?

❹ When is summer vacation?

❺ When is her birthday?

❻ When does school end?

❼ When does winter break start?

❽ When does the baseball game start?

❾ When does Mary get off work?

❿ When does that show come on?

單字

☐ meeting [ˈmitɪŋ] 會議	☐ end [ɛnd] 結束
☐ first [fɝst] 首先	☐ break [brek] 名 短暫的休息
☐ vacation [vəˈkeʃən] 名 休假；假期	☐ start [stɑrt] 開始

自我測驗

從這些中文句子，試著說出英文

❶ 約翰的宴會是什麼時候？

❷ 我們什麼時候要見面？

❸ 學校哪一天開學？

❹ 暑假什麼時候開始？

❺ 她的生日是什麼時候？

❻ 學校什麼時候結束？

❼ 寒假什麼時候開始？

❽ 棒球賽什麼時候開始？

❾ 瑪麗什麼時候下班?

❿ 那個節目什麼時候上演？

KEY POINT 學好英語的秘訣

為什麼我老是現在式跟過去式分開，而且一再強調，就如同上一課說的，現在式和過去式只是英文法上的名詞，但在說話的時候，兩者表達的意思是截然不同的。你看例句一 When is John's party? 雖然看起來是現在式，但其實與現在一點關係也沒有，反倒因為John的party還沒開，你才會問「什麼時候開啊」，不是嗎？所以想學好英文，記住我的一句話，現在式與現在發生的事無關，它指的是一般性的，通常的，甚至是還沒有發生的。

80 問「何時」，過去簡單式
When did...?

1. When did you call him?
2. When did you come home?
3. When did you leave?
4. When did you mail the letter?
5. When did you return the tape?
6. When did he wash the car?
7. When did he go to the library?
8. When did she call?
9. When did she water the plant?
10. When did she walk the dog?

單字

☑ leave [liv] 離開	☑ wash [wɑʃ] 洗
☑ mail [mel] 動 郵寄	☑ water [ˈwɑtɚ] 澆花
☑ return [rɪˈtɝn] 歸還	☑ plant [plænt] 名 植物

自我測驗

從這些中文句子，試著說出英文

❶ 你什麼時候打電話給他？

❷ 你什麼時候回到家？

❸ 你什麼時候離開？

❹ 你什麼時候把信寄出去？

❺ 你什麼時候還那個影片？

❻ 他的車子何時洗的？

❼ 他何時去圖書館？

❽ 她什麼時候打電話來？

❾ 她什麼時候澆花？

❿ 她何時去遛狗？

KEY POINT 學好英語的秘訣

還記得上兩課，我們學到Where did...嗎？我說那是指一件事問的。When did...?也一樣，當你知道確有一件事，但不知道那件事發生於什麼時候，你就可以問When did...?，請回頭再看看上面那十個例句，句句如此。When did you come home? 表示你人已經回家了，When did she call? 表示她已經打過電話了，你只是想知道時間而已。

每天十個例句，反覆練習喔!

Chapter 5

81 問「是誰」 Who ...?

❶ Who is that woman?

❷ Who is that man?

❸ Who was that on the phone?

❹ Who wrote the book?

❺ Who cooked dinner?

❻ Who won the contest?

❼ Who opened the window?

❽ Who is watching TV?

❾ Who is using the phone?

❿ Who is going to pick up John?

單字

☑ phone [fon] 電話	☑ won [wʌn] 贏（win的過去式）
☑ cook [kʊk] 動 烹調；煮	☑ contest [ˈkɑntɛst] 名 比賽
☑ wrote [rot] 寫（write的過去式）	☑ using [ˈjuzɪŋ] 使用（use的現在分詞）

自我測驗

從這些中文句子，試著說出英文

❶ 那個女人是誰？

❷ 那個男人是誰？

❸ 剛剛電話裡是誰？

❹ 誰寫這本書？

❺ 晚飯誰做的？

❻ 比賽誰贏了？

❼ 誰把窗戶打開？

❽ 誰在看電視？

❾ 誰在使用電話？

❿ 誰要去接約翰？

KEY POINT

學好英語的秘訣

說話，離不開人、時、事、地、物，要講好英文，把握這幾個方向，就簡單多了。例如談人，免不了要問「是誰啊？」，「誰幹的呀！」，「誰在幹嘛呀！」，這些說法，你可以參照上面的十個例句，就知道恰好就是Who is...?或是Who are...?、Who did...?以及現在進行式Who is ～ing...?的句型，弄懂了這幾個句型和要表達的中文意思的關聯 ，說起英語來就一定順口，而且完全可以達意了。

82 問「怎麼樣」，現在簡單式
How ...?

❶ How is your hand?

❷ How is your sister?

❸ How is your car?

❹ How is your family?

❺ How is the weather there?

❻ How are you?

❼ How are your parents?

❽ How are the wife and kids?

❾ How are your pets?

❿ How are your classes?

單字

☑ hand [hænd] 名 手	☑ parent [ˈpɛrənt] 雙親之一
☑ family [ˈfæmlɪ] 家人	☑ wife [waɪf] 太太；妻
☑ weather [ˈwɛðɚ] 天氣	☑ kid [kɪd] 小孩子

自我測驗

從這些中文句子，試著說出英文

❶ 你的手怎麼樣？

❷ 你妹妹好嗎？

❸ 你的車子好開嗎？

❹ 你的家人好嗎？

❺ 你那邊天氣怎麼樣？

❻ 你好嗎？

❼ 你的父母好嗎？

❽ 你的太太和小孩好嗎？

❾ 你的寵物好嗎？

❿ 你的課程怎麼樣？

KEY POINT 學好英語的秘訣

學英語的人，不論年齡再小，絕對會講的一句話，就是How are you?「你好嗎？」，很多人以為這是一句問候人的話，所以就永遠停留在How are you? 的階段，不知道可以好好活用類似說法，來表示對事物的「關心」。關心與問候，最大的不同在於對人、對事都可以關心，而問候是對人而言，其實，英語的How 是對狀況的關心，所以「家人怎樣呀？」、「東西好不好啊？」都可以用How來問的。

83 問「怎麼樣」，過去簡單式
How was...?

❶ How was your day?

❷ How was your weekend?

❸ How was school?

❹ How was work?

❺ How was the meeting?

❻ How was your trip?

❼ How was John's party?

❽ How was Mary?

❾ How was math class?

❿ How was the test?

單字

☑ weekend [ˈwikˈɛnd] 名 週末	☑ trip [trɪp] 旅程；旅遊
☑ work [wɝk] 工作；上班	☑ class [klæs] 一門課
☑ meeting [ˈmitɪŋ] 會議	☑ test [tɛst] 測驗；考試

自我測驗

從這些中文句子，試著說出英文

❶ 你今天好嗎？

❷ 你週末過的好嗎？

❸ 你在學校好嗎？

❹ 你上班好嗎？

❺ 會議開得怎麼樣？

❻ 你的旅遊愉快嗎？

❼ 約翰的宴會好玩嗎？

❽ 瑪麗好嗎？

❾ 數學課上的怎麼樣？

❿ 你考試考得如何？

KEY POINT 學好英語的秘訣

你做人體貼嗎？相信大部分人都願意給別人一個「體貼」的印象，假如你也如此，那你就要多說How was...?，管它事情大小，看到人就問How was your...?，「你的某某事怎麼樣啊？」，西洋人最會這一套了，不論有心無心，關鍵是叫對方聽了窩心，這樣你敦親睦鄰的目的就達到了，人和為貴嘛，只要平日多說這樣的話，朋友自然多，辦事就容易了！

84 用「如何做到的」，過去簡單式

How did you...?

❶ How did you find the book?

❷ How did you know about the party?

❸ How did you get lost?

❹ How did you make this?

❺ How did you get John's phone number?

❻ How did you cut yourself?

❼ How did you finish this so quickly?

❽ How did you get here?

❾ How did you fix this?

❿ How did you find out the truth?

單 字

☑ find [faɪnd] 找到	☑ yourself [jʊrˈsɛlf] 你自己
☑ know [no] 知道	☑ quickly [ˈkwɪklɪ] 很快地
☑ lost [lɔst] 迷路（lose的過去分詞）	☑ find out 發現

自我測驗

從這些中文句子，試著說出英文

❶ 你怎麼找到這本書的？

❷ 你怎麼知道宴會的事？

❸ 你怎麼迷了路？

❹ 這個你怎麼做的？

❺ 你如何得到約翰的電話號碼？

❻ 你怎麼割傷你自己的？

❼ 你如何這麼快就做完？

❽ 你怎麼到這裡的？

❾ 這個你怎麼修理好的？

❿ 你怎麼發現真相的？

KEY POINT 學好英語的秘訣

How除了可以表示對事物的關心，也可以用來問「手段」和「方法」，意思就是「怎麼」，但不是「怎麼這麼糊塗」的怎麼，而是「怎麼辦到的」？這時候，既然問的是怎麼辦到的，那肯定是與辦一件事有關，也就是說，某人完成了一件事，你要問他用了什麼方法辦到，所以這是一個動作，對講英語而言，辦事就是一個動詞，所以要用did來問，即How did you...?、How did he...?等等的問法。

85 問「多少」，不可數名詞 How much ...?

1. How much is this watch?
2. How much ice cream did you eat?
3. How much milk can you drink?
4. How much water is left?
5. How much does this CD cost?
6. How much soap did you use?
7. How much room do you have in your closet?
8. How much time is left?
9. How much farther do we have to go?
10. How much longer is the movie?

單字

- ☑ left [lɛft] 剩下的
- ☑ closet [ˈklɑzɪt] 衣櫥；衣帽間
- ☑ cost [kɔst] 動 花費
- ☑ room [rum] 空間
- ☑ soap [sop] 名 肥皂
- ☑ farther [ˈfɑrðɚ] 更遠地

自我測驗

從這些中文句子，試著說出英文

❶ 這個手錶多少錢？

❷ 你吃了多少冰淇淋？

❸ 你可以喝多少牛奶？

❹ 還剩多少水？

❺ 這張光碟要多少錢？

❻ 你用了多少肥皂？

❼ 你的壁櫥有多少空間？

❽ 還剩多少時間？

❾ 我們還要走多久？

❿ 這部電影還要多久？

KEY POINT 學好英語的秘訣

How much是個很有趣的問法，你只要會講這兩個字，就可以走遍天下，血拼去也！因為不論天涯海角，幾乎全天下做觀光客生意的人，沒有不知道這兩個字的，購物時，顧客口裡的How much? 就是「多少錢？」，所以做買賣的不會不知道，但有意思的是，How much?從賣東西的老闆口中說出來，意思就變成「要買多少？」。所以，你可以看出來，how much其實是問「多少」，至於是多少什麼？多少錢呢？還是多少斤兩呢？就看說話的人所指何物了。當然，how much time「多少時間」、how much longer 「還要多久」這類問法，那是問得清清楚楚，不會有誤了。

86 問「多少」，可數名詞

How many...?

❶ How many eggs do you want?

❷ How many tests do you have today?

❸ How many apples do you have?

❹ How many bananas are left?

❺ How many sisters do you have?

❻ How many pets do you have?

❼ How many books have you read?

❽ How many CDs do you own?

❾ How many flowers should I buy?

❿ How many plates did you break?

單字

☐ egg [ɛg]
蛋

☐ left [lɛft]
剩下的

☐ want [wɑnt]
要

☐ own [on]
名 擁有

☐ banana [bəˈnænə]
名 香蕉

☐ flower [ˈflaʊɚ]
花

自我測驗

從這些中文句子，試著說出英文

❶ 你要多少個蛋？

❷ 你今天有幾個考試？

❸ 你有幾個蘋果？

❹ 還剩多少香蕉？

❺ 你有幾個姊妹？

❻ 你有多少寵物？

❼ 你已看了多少本書？

❽ 你有多少光碟？

❾ 我該買多少朵花？

❿ 你打破了幾個盤子？

KEY POINT

學好英語的秘訣

令人傷腦筋的英文法說，much和many都是「多」的意思，much要加不可數名詞，many要加可數名詞複數，我想你對英文要是有恐懼感，這樣無聊的文法規則恐怕是原因之一吧！也就是說，你的英文要是曾經不好，就怪英文法啦！其實這兩個字是很簡單的，你要問「多少個」、「多少本」等等有「個」、「本」、「隻」、「條」……的，用How many...，要是單純「多少」就用How much...，例如「多少糖？」是How much suger...，「多少磅的糖？」是How many pounds of suger...? 把握這個秘訣，要學好英語，五分鐘OK啦！

87 問「哪一個」 Which...?

❶ Which dress is prettier?

❷ Which apple do you want?

❸ Which game is more fun?

❹ Which movie do you want to see?

❺ Which CD should I buy?

❻ Which car is cheaper?

❼ Which video should I buy for Beth?

❽ Which cake tastes better?

❾ Which picture do you like more?

❿ Which book is easier to read?

單字

☐ which [hwɪtʃ] 哪一個	☐ taste [test] 嚐起來
☐ prettier [ˈprɪtɪɚ] 更漂亮	☐ better [ˈbɛtɚ] 較好的；更好
☐ cheaper [ˈtʃipɚ] 較便宜的	☐ easier [ˈizɪɚ] 比較簡單

自我測驗

從這些中文句子，試著說出英文

❶ 哪一件洋裝比較漂亮？

❷ 你要哪一個蘋果？

❸ 哪一個遊戲比較好玩？

❹ 你要看哪一部電影？

❺ 我應該買哪一張光碟？

❻ 哪一部車較便宜？

❼ 我應該買哪一個錄影帶給貝絲？

❽ 哪一個蛋糕較好吃？

❾ 你比較喜歡哪一張照片？

❿ 哪一本書比較容易讀？

KEY POINT 學好英語的秘訣

記住這個秘訣，要是有幾本書，你要對方告訴你他最喜歡哪一本，或是有好幾樣東西，你要他從中挑一樣，給你意見，那你說英語時，張口第一個字就是Which。Which book是「哪一本書？」，Which car是「哪一部車？」……，換句話說，which是在一定的範圍內，對方只能選一個或選一種，它跟what不同，what是問「什麼東西」，沒有範圍的限制，對方可以自己天馬行空，想個東西出來，而which是東西定了，只是從幾個選項中，挑一個出來。

88 如果…

if..., ...

❶ Bring the dog in if it rains.

❷ If I'm in town, I'll give you a call.

❸ If I'm working late, I'll call you.

❹ If she calls, please tell her I'll call her back.

❺ He's buying a new car if he saves up enough money.

❻ He's going to visit me if he gets some time off.

❼ She's going to call us if she needs anything.

❽ I'm going out this weekend if I feel better.

❾ If he doesn't call me, I'm breaking up with him.

❿ If they're not here in the next ten minutes, I'm leaving without them.

單 字

☐ town [taʊn] 城市；城鎮	☐ need [nid] 需要
☐ save up 儲存	☐ feel [fil] 感覺
☐ enough [ɪ'nʌf] 足夠的	☐ break up 男女朋友分手

自我測驗

從這些中文句子，試著說出英文

❶ 如果下雨就把狗帶進來。

❷ 如果我進城來，我會打個電話給你。

❸ 如果我會工作到很晚，我會打電話給你。

❹ 如果她打電話來，告訴她我會回她電話。

❺ 如果他存夠錢，他就會買部新車子。

❻ 如果他有時間，他會來拜訪我。

❼ 她如果需要什麼東西會打電話給我們。

❽ 我這個週末如果好一點，我會出去。

❾ 如果他不打電話給我，我就不再跟他來往。

❿ 如果再過十分鐘他們還不來，我就要走了。

KEY POINT 學好英語的秘訣

別看if這個字只有兩個字母，洋人卻有個說法，說是萬事最怕那個「大if」，可見if是多麼不可承受之重！以英語學習來說，能把if全部弄懂，不犯錯，那不光是功德一件，簡直是祖上積德一般，因為從此以後，你每回英語考試，不論是TOEFL、TOEIC、IELTS，或者任何英檢，肯定要多好幾分，怎麼說？因為if是一種條件，也是一種假設，在說話的時候，可以表示「如果」，這是簡單的，但if也可以配合另外一些字，表示「要是」，「要是能……就好了！」，還可以表示「多麼希望能……呀！」，更可以表示「但願……」，你看，變化多大！但沒關係，我們從簡單實用的學起，像這裡教你的，一步一步來！

89 現在完成式，「某人」當主詞 某人has＋過去分詞

❶ She's finished her homework.

❷ Beth has written a new book.

❸ Mark has accepted the award.

❹ He's gone to New York.

❺ John has gone home.

❻ Jenny's already finished her homework.

❼ Paul's already written his paper.

❽ She's just left.

❾ He's just stepped out for a moment.

❿ She has visited England several times.

單字

☑ written [ˈrɪtn̩] 寫完（write的過去分詞）	☑ left [lɛft] 離開（leave的過去分詞）
☑ accept [əkˈsɛpt] 接受	☑ step [stɛp] 步出
☑ award [əˈwɔrd] 名 獎賞	☑ moment [ˈmomənt] 一瞬間；片刻

自我測驗

從這些中文句子，試著說出英文

❶ 她的功課作完了。

❷ 貝絲寫了一本新書。

❸ 馬克接受這個獎項。

❹ 他到紐約去了

❺ 約翰已經回家了。

❻ 珍妮已經把功課做完。

❼ 保羅已經把報告寫完。

❽ 她剛離開。

❾ 他剛剛出去一會兒。

❿ 她去過英國很多次。

KEY POINT 學好英語的秘訣

人做事，有時間性，比方說，你讀書，究竟是「你正在讀書」，「你某天某時在讀書」，「你已經讀過書」，或你「曾經讀過書」，英語對這些事的完成時機，特別重視，輕忽不得，所以學英語經常被「時式」搞得頭昏腦脹。不過你放心，我教你學好英語的秘訣：學英語的時候，不要將動詞單獨背，單獨學，要學特定字的組合，把這個組合跟所要表達的意思結合起來，一起學，你自然能達到張嘴一口流利的英語，隨時把要表達的意思，正確地脫口說出。像這裡，凡是你要說「已經」或「曾經」，就在動作前加上have或是has，再加上這個動詞的過去分詞。要注意的是，一定要注意聽MP3裡，老師的口音示範，因為have和has經常是輕輕呼嚕帶過，書寫出來，就是所寫 've 和 's 的形式，別忽略了這個輕音喔！

90 現在完成式，「I」當主詞 I have＋現在分詞

❶ I've lost my notebook.

❷ I've talked to him about that.

❸ I've noticed that.

❹ I've already done that.

❺ I've lived in New York for two years.

❻ I've read five books this week.

❼ I've just had lunch.

❽ I've already mailed the letter.

❾ I've just been to the store.

❿ I've been to New York many times.

單字

☑ lost [lɔst] 遺失（lose的過去分詞）	☑ already [ɔl'rɛdɪ] 副 已經
☑ notebook ['not,bʊk] 筆記本	☑ time [taɪm] 次數
☑ notice ['notɪs] 注意到	☑ mail [mel] 動 郵寄

自我測驗

從這些中文句子，試著說出英文

❶ 我的筆記簿丟了。

❷ 我已經跟他談過那件事。

❸ 我注意到了。

❹ 我已經做了。

❺ 我在紐約已經住了兩年。

❻ 我這星期已經讀了五本書。

❼ 我剛吃過午飯。

❽ 我已經把信寄出去了。

❾ 我剛去過商店。

❿ 我去過紐約很多次。

KEY POINT 學好英語的秘訣

你注意了沒有？上面的例句都有「已經做了」，或「曾經做了」的意思，對，這就是為什麼英語都要用I've＋過去分詞的原因。不過就像上一課我們說過的，你一定要多聽MP3，跟著老師的示範，你的英語才會說得自然，讓對方也聽得自然，要不，你很生硬地講出每一個字：I -- have -- been -- to -- New -- York -- many -- times.，像一點都沒有到過紐約、見過世面的老鳥的感覺，反倒像大姑娘頭一回上花轎，放不開得可怕！

91 現在完成式的否定句 某人hasn't＋過去分詞

❶ He hasn't mailed the package yet.

❷ She hasn't shown up yet.

❸ He's never smoked.

❹ He hasn't smoked for three weeks.

❺ He hasn't smoked since last May.

❻ It hasn't rained much this year.

❼ Jenny hasn't studied very much this semester.

❽ John hasn't finished his homework yet.

❾ He hasn't read any book yet.

單字

☑ package [ˈpækɪdʒ] 包裹	☑ never [ˈnɛvɚ] 從未
☑ shown [ʃon] 動 出現（show的過去分詞）	☑ since [sɪns] 自從
☑ show up 出現；現身	☑ semester [səˈmɛstɚ] 學期

自我測驗

從這些中文句子，試著說出英文

❶ 他還沒有把包裹寄出去。

❷ 她還沒出現。

❸ 他從沒抽過煙。

❹ 他有三個星期沒抽煙了。

❺ 他自從去年五月之後就沒抽煙了。

❻ 今年沒下多少雨。

❼ 珍妮這學期沒怎麼念書。

❽ 約翰還沒把功課做完。

❾ 他還沒讀任何一本書。

KEY POINT

學好英語的秘訣

這是否定的用法，表示「還沒做完」，或者「不曾做過」，not是加在has的後面，不是過去分詞的後面。但是，一般還是將has not輕輕地說成hasn't 就帶過去了，這不但是外國人學英語經常弄不清，有時連洋人自己也聽不清楚，不免要問 Has or has not? 「是做了還是沒做？」從這兒你就可以看出，講英語時，口音自然的重要 ，所以還是一句話，多聽MP3的示範，跟著學，跟著說！說正確！說自然！

92 現在完成式的疑問句
Have you＋現在分詞

1. Have you played tennis lately?
2. Have you heard from Mary recently?
3. Have you read Hamlet?
4. No, I haven't read any of Shakespeare's plays.
5. Has it stopped raining yet?
6. Has Mary had a vacation this year?
7. Has John been to New York?
8. How many books have you read this week?
9. How many times have you been to Europe?
10. How many books has John read so far?

單 字

☑ tennis [tɛnɪs] 網球	☑ recently [ˈrisn̩tlɪ] 最近地
☑ lately [ˈletlɪ] 近來；最近的	☑ play [ple] 名 戲劇
☑ heard [hɝd] 聽見（hear的過去分詞）	☑ so far 截至目前為止

自我測驗

從這些中文句子，試著說出英文

❶ 你最近有沒有打網球？

❷ 你最近有沒有聽到瑪麗的消息？

❸ 你有沒有讀過「王子復仇記」？

❹ 沒有，我沒有讀過任何一本莎士比亞的戲劇。

❺ 雨停了沒有？

❻ 今年瑪麗有沒有休假過？

❼ 約翰有沒有去過紐約？

❽ 你這星期讀了幾本書？

❾ 你去過歐洲幾次？

❿ 約翰到目前為止讀過幾本書？

KEY POINT 學好英語的秘訣

學過前面幾個「做完」和「曾經做過」的說法，想問別人「做完沒有」，或是「有沒有做過」就簡單了，把Has或 have 提到第一個字，就行了。請注意例句10，問的是約翰「到目前為止」讀過幾本書？表示想知道，截至目前，約翰已經讀了幾本書，所以還是要用has加過去分詞的形式，只不過，因為要問的主題不是「讀了沒有？」，而是「讀了幾本？」，所以起頭是How many books，接著才說has...

93 副詞 主詞＋動詞＋副詞

❶ I can jump very high.

❷ John sings very well.

❸ Mary can run very fast.

❹ He speaks so loud.

❺ She talks too fast.

❻ He works very hard.

❼ The car runs well.

❽ I bought it really cheap.

❾ I stayed up late last night.

❿ I'm doing fine.

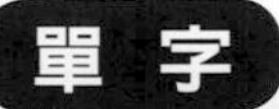

☑ jump [dʒʌmp] 動 跳躍	☑ bought [bɔt] 動 買（buy的過去過去分詞）
☑ high [haɪ] 高	☑ really [ˈriəlɪ] 真的
☑ hard [hɑrd] 努力的	☑ cheap [tʃip] 形 便宜的

自我測驗

從這些中文句子，試著說出英文

❶ 我可以跳得很高。

❷ 約翰唱歌唱得很好。

❸ 瑪麗可以跑得很快。

❹ 他說的好大聲。

❺ 她說的太快。

❻ 他很努力工作。

❼ 這部車很好開。

❽ 我這個東西買的很便宜。

❾ 我昨晚很晚才睡。

❿ 我很好。

KEY POINT

學好英語的秘訣

你為什麼說話？假如我問你這個問題，你可能直接就回答：為了溝通啊！可是細細一想，你又不是天天跟人在鬧問題，為何須要分分秒秒講究溝通？可見溝通只是語言功能的一部份，其實我們之所以說話，很大一部份原因是為了要舒懷，要把我們的喜怒哀樂、我們的看法說出來，就是因為這樣，所以要學好英文，不能不學會表達我們看法的英語詞彙，這些詞彙就是所謂的形容詞、副詞，例如very well「很好」、very fast「很快」、very cheap「很便宜」等等，把例句中的這類詞彙加到你的話中去，你的英語就會充滿情感，生動有趣！

94 祈使句；命令句 原型動詞

❶ Stop by sometime.

❷ Take out the trash.

❸ Do your homework.

❹ Wash the dishes.

❺ Take off your shoes.

❻ Change your clothes.

❼ Turn off the lights.

❽ Wash the dog.

❾ Turn off the music.

❿ Stop playing video games.

單 字

☑ sometime [ˈsʌmtaɪm] 偶而	☑ light [laɪt] 燈
☑ change [tʃendʒ] 更換	☑ stop [stɑp] 停止
☑ turn off 關掉	☑ stop by 順道拜訪

自我測驗

從這些中文句子，試著說出英文

❶ 有空過來坐坐。

❷ 把垃圾拿出去。

❸ 做你的功課。

❹ 去洗碗碟。

❺ 把你的鞋子脱掉。

❻ 把衣服換了。

❼ 把燈關掉。

❽ 把狗洗一洗。

❾ 把音樂關掉。

❿ 別再玩電動玩具。

KEY POINT 學好英語的秘訣

有人説做事難，求人更難。這話確實，可是你知道什麼樣的溝通法，最容易嗎？根據自古以來的觀察，命令是最容易！人的大腦可能有一種裝置，經不起人家的驅使，一聽驅使，就有一種「起而行」的衝動，直覺地就照著去做了，你看，幾乎所有動物，都有這樣的傾向，連獅子都能用命令馴服呢！英語的命令句，有兩個特色，第一：簡短！第二：直接下達動作命令！所以，命令句都是由動詞起頭，句子很短。把握這個秘訣，你可以指使很多人，做你要他做的事！

95 用「Be動詞」的命令句 Be動詞＋形容詞

❶ Be quiet.

❷ Be good.

❸ Be nice.

❹ Be polite.

❺ Be fair.

❻ Be a good sport.

❼ Don't be silly.

❽ Don't be angry.

❾ Don't be stupid.

❿ Don't be late.

⓫ Don't be so lazy.

單字

☑ fair [fɛr] 公平的	☑ sport [sport] 有風度的
☑ polite [pəˈlaɪt] 客氣的	☑ stupid [ˈstjupɪd] 愚；蠢
☑ silly [ˈsɪlɪ] 傻的	☑ lazy [ˈlezɪ] 形 懶惰的

自我測驗

從這些中文句子，試著說出英文

❶ 安靜。

❷ 要守規矩。

❸ 要乖。

❹ 要有禮貌。

❺ 要公平。

❻ 要有風度。

❼ 別傻了。

❽ 別生氣。

❾ 別傻了。

❿ 不要遲到。

⓫ 別偷懶。

KEY POINT 學好英語的秘訣

學好英語，要注意英語與你自身的語言有何不同。例如中文和英文，就有個最基本的相異之處：中文沒有所謂Be動詞。我們學英文的時候，總是把am、are、is翻譯成「是」，所以像 She is quiet. 就會譯成「她是安靜的！」她是安靜的？你幾時說過這樣的話了？這根本不是中文。那中文究竟有沒有She is quiet. 的說法呢，當然有，就是「她這人不太說話的。」要是She指的是個活潑多言的人，那She is quiet. 就是「怪了，她怎麼不說話呀？」。你看，這兩句中文都沒有「是」這樣的字眼，但英文一定會用到is，你要學會善用英語的Be動詞，也要知道「靜一靜！」、「別吵了！」、「安靜點兒！」的英語都是Be quiet!，這樣你的英語才會好起來。喏，多練習幾遍例句吧！

96 命令句的否定 Don't＋原型動詞

❶ Don't talk to him.

❷ Don't step on my foot.

❸ Don't forget your lunch.

❹ Don't go over there.

❺ Don't leave the window open.

❻ Don't forget to lock the door.

❼ Don't throw that away.

❽ Don't close the window.

❾ Don't leave the door open.

❿ Don't take the last piece of cake.

單字

☑ step [stɛp] 踏	☑ lock [lɑk] 鎖
☑ foot [fʊt] 腳	☑ last [læst] 最後的
☑ forget [fɚˈgɛt] 忘記	☑ piece [pis] 一片

自我測驗

從這些中文句子，試著說出英文

❶ 不要跟他說話。

❷ 別踩到我的腳。

❸ 別忘了你的午飯。

❹ 不要過去那裡。

❺ 不要讓窗戶開著。

❻ 不要忘了鎖門。

❼ 不要把那個丟掉。

❽ 不要關窗戶。

❾ 不要讓門開著。

❿ 不要拿走最後一片蛋糕。

KEY POINT 學好英語的秘訣

用英語叫人家做事，直接了當下命令，是用動詞開頭。叫人家別做事呢？用Don't開頭，就是在原來的命令句前面多說一個Don't就對啦。例如：Talk to him.是「跟他說話呀！」、「找他談去呀！」，那「別跟他說話！」就是Don't talk to him.，這麼簡單！Don't 是Do not 兩個字併一塊兒的，但講英語的時候，你要是說Do not talk to him.，那景觀自又不同！Do not分開說，含有「不許」、「警告你不要……」的意味，一般稱為「加強語氣」，普通時候，用Don't就行了。

97 命令句的否定加個「請」字
Please don't＋原型動詞

1. Please don't go.
2. Please don't throw that away.
3. Please don't forget to call Mary.
4. Please don't throw your clothes on the floor.
5. Please don't leave your dirty dishes on the table.
6. Please don't walk around outside late at night.
7. Please don't wake me up at 6:00 a.m. anymore.
8. Please don't run by the swimming pool.
9. Please don't use all the hot water when you shower.
10. Please don't cry.

單字

☑ floor [flor] 地板；樓層	☑ outside [ˈaʊtˈsaɪd] 外面
☑ dirty [ˈdɝtɪ] 髒的	☑ anymore [ˈɛnɪˌmor] 再一次
☑ table [ˈtebḷ] 桌子	☑ pool [pul] 名 游泳池

自我測驗

從這些中文句子，試著說出英文

❶ 請你不要走。

❷ 請不要把那個丟掉。

❸ 請不要忘了打電話給瑪麗。

❹ 請不要把你的衣服丟在地上。

❺ 請不要把你吃過的碗盤放在桌上。

❻ 請不要在晚上很晚到外面去。

❼ 請你不要再在早上六點叫醒我。

❽ 請你不要在游泳池邊跑。

❾ 你洗淋浴的時候，別把所有的熱水都用光。

❿ 請不要哭。

KEY POINT 學好英語的秘訣

天上神仙一輩子總有那麼幾次，遇到會七十二變的孫猴子，百般神力，拿他沒輒。人的命令總有遇到行不通的時候，怎麼辦呢？叫不　你，求你可以吧？英語的命令跟求人，相差就那麼一點兒，多說一個please就是了！please有兩個加法：在命令句的最前面，先說please，有客氣，也有求人的意思。要是在命令句的最後面才說please，那就是求人勝於客氣；要是先說了命令，停頓一下，再說please，那簡直就是自我繳械，求祖宗似的了。例如：Please don't throw that away. 是「請不要把那個丟掉。」口氣軟，立場硬。Don't throw that away, please.，away 與please 之間若是不停頓，指「喂，請不要把那個丟掉。」，而away 與please 之間有停頓，則是「別把那個丟掉，求求你啦。」

98 附加問句

~, isn't ?

❶ Mary is here, isn't she?

❷ John is a student, isn't he?

❸ You are the new secretary, aren't you?

❹ You like apples, don't you?

❺ John likes apples, doesn't he?

❻ She'll help us, won't she?

❼ You are getting married, aren't you?

❽ He can swim, can't he?

❾ The store closes at 9:00, doesn't it?

❿ You got lost, didn't you?

單字

☑ secretary [ˈsɛkrəˌtɛrɪ] 秘書	☑ new [nju] 新的
☑ swim [swɪm] 游泳	☑ help [hɛlp] 動 幫忙；協助
☑ close [kloz] 動 （商店）打烊	☑ got lost 迷路

自我測驗

從這些中文句子，試著說出英文

❶ 瑪麗在這兒，不是嗎？

❷ 約翰是個學生，不是嗎？

❸ 你是新來的秘書，不是嗎？

❹ 你喜歡蘋果，不是嗎？

❺ 約翰喜歡蘋果，不是嗎？

❻ 她會幫助我們，不是嗎？

❼ 你們快要結婚了，不是嗎？

❽ 他會游泳，不是嗎？

❾ 商店在九點打烊，不是嗎？

❿ 你迷路了，不是嗎？

KEY POINT 學好英語的秘訣

附加問句是什麼東西？難說！有人說話有這習慣，特愛在說了一句話之後，問人家「不是嗎？」，他也不是真的要你回答，算是口頭禪而已。也有人問人的時候，不願意直接問，先拿話罩住你，然後再提問，希望能先唬住你，他認為這樣比較容易取得實答，例如他要問「瑪麗在不在這裡啊？」，但他偏這麼問，「瑪麗在這兒，不是嗎？」。Mary is here.是個肯定句，表示「瑪麗在這兒」是千真萬確的，說完，才附帶問 isn't she? 「沒有嗎？」，這就是為什麼附加問句，前段的說法如果是肯定，後段說法要用否定的原因了，表示「其實我也不確定」，所以問問。當然，有些人是客氣，明知道「瑪麗在這兒」，但為了不讓你難堪，客氣地附帶問上「不是嗎？」，那就是他個人說話的修養與選擇了。

99 其他附加問句

❶ Give me a hand, will you?

❷ Open a window, would you?

❸ They have left, haven't they?

❹ This is your book, isn't it?

❺ Today is May 20th, isn't it?

❻ Nice day, isn't it?

❼ Those are your pens, aren't they?

❽ There is a meeting tonight, isn't there?

❾ Everything is okay, isn't it?

❿ Somebody borrowed my car, didn't they?

單字

☑ hand [hænd] 名 幫忙	☑ meeting [ˈmitɪŋ] 會議
☑ left [lɛft] 離開（leave的過去分詞）	☑ borrow [ˈbɑro] 動 借用
☑ pen [pɛn] 筆	☑ car [kɑr] 車子

自我測驗

從這些中文句子，試著說出英文

❶ 幫我個忙，好嗎？

❷ 把窗戶打開，好嗎？

❸ 他們已經離開了，不是嗎？

❹ 這是你的書，不是嗎？

❺ 今天是五月二十號，不是嗎？

❻ 今天天氣真好，不是嗎？

❼ 那些是你的筆，不是嗎？

❽ 今晚有個會議，不是嗎？

❾ 一切都很好，不是嗎？

❿ 有人借走了我的車子，不是嗎？

KEY POINT 學好英語的秘訣

附加問句的問法，原則是前段肯定，則後段否定，要是前面否定，則後面要肯定。例如：This is your book, isn't it?「這是你的書，不是嗎？」，This is not your book, is it?「這書不是你的，難道是嗎？」要是命令呢？那可有趣，就是用will you?或would you.，意思是「做不做呀，你。」用would比will客氣。例如：Open a window, will you?，「開扇窗子，幹不幹呀，你。」，Open a window, would you?「開扇窗子，好嗎？」，其實兩句差不多意思，都是叫人家開窗，都是附帶問「好不好」，「行不行」，但will you 聽起來，就是沒那份兒客氣。其他還有一些附加問句的說法，但我們先學這些。（好嗎？）

100 否定句的附加問句

❶ Mary isn't here, is she?

❷ John doesn't like apples, does he?

❸ You don't like apples, do you?

❹ You haven't met my sister, have you?

❺ They haven't left, have they?

❻ They won't be here, will they?

❼ You haven't seen my watch, have you?

❽ Don't open the window, will you?

❾ Nothing can stop us now, can it?

❿ Nobody phoned while I was out, did they?

單字

☑ met [mɛt] 見過面（meet的過去分詞）	☑ stop [stɑp] 停止
☑ left [lɛft] 離開（leave的過去分詞）	☑ phone [fon] 打電話
☑ watch [wɑtʃ] 手錶	☑ while [hwaɪl] 在…的時間內

自我測驗

從這些中文句子，試著說出英文

❶ 瑪麗不在這裡，是嗎？

❷ 約翰不喜歡蘋果，是嗎？

❸ 你不喜歡蘋果，是嗎？

❹ 你沒有見過我妹妹，是嗎？

❺ 他們還沒離開，是嗎？

❻ 他們不會來這裡，是嗎？

❼ 你沒有看到我的手錶，是嗎？

❽ 別開窗，行嗎？

❾ 沒有什麼事情可以阻止我們，是嗎？

❿ 我不在的時候沒有人打電話來，是嗎？

KEY POINT 學好英語的秘訣

上一回我們說過了附加問句，前段若是否定，後段就用肯定。但還記得嗎？我們說，命令的附加問句要用will you.，不論肯定、否定，都用will you.，例如Open the window, will you?，「把窗戶打開，好嗎？」，Don't open the window, will you?，「別開窗，行嗎？」，兩句的附加問句都是用「will you.」。你還記得will you 有「幹不幹呀」的意思，本身已經含有肯定「幹」和否定「不幹」在裡面。不過別忘了，附加問句再怎麼說都是附加而已，它真正的含意，還是叫你去做，不是讓你選擇！

英語系列：29

1秒激會英語速成：基礎句型‧文法

作者／張瑪麗
出版者／哈福企業有限公司
地址／新北市中和區景新街 347 號 11 樓之 6
電話／(02) 2945-6285　傳真／(02) 2945-6986
郵政劃撥／ 31598840　戶名／哈福企業有限公司
出版日期／ 2016 年 4 月
定價／ NT$ 299 元（附 MP3）

全球華文國際市場總代理／采舍國際有限公司
地址／新北市中和區中山路 2 段 366 巷 10 號 3 樓
電話／(02) 8245-8786　傳真／(02) 8245-8718
網址／ www.silkbook.com　新絲路華文網

香港澳門總經銷／和平圖書有限公司
地址／香港柴灣嘉業街 12 號百樂門大廈 17 樓
電話／(852) 2804-6687　傳真／(852) 2804-6409
定價／港幣 100 元（附 MP3）

視覺指導／ Wan Wan
封面設計／ Vi Vi
內文排版／ Jo Jo
email ／ haanet68@Gmail.com

郵撥打九折，郵撥未滿 500 元，酌收 1 成運費，
滿 500 元以上者免運費

國家圖書館出版品預行編目資料

1秒激會英語速成：基礎句型‧文法 / 張瑪麗◎著 -- 新北市：哈福企業, 2016.04
面； 公分. -- (英語系列；29)
ISBN 978-986-5616-54-0(平裝附光碟片)

1.英語 2.會話

805.188　　105005016

哈福

哈福